U0528876

A MAP of NARNIA and adjoining LANDS

LANTERN WASTE

Miraz his Castle

Beaversdam

GREAT

NARN

RIVER

WIL

Aslan's How

Dancing Lawn

Trufflehunter's Cave

Bulgy Bears' Home

ARCHENLAND

ANDS of the NORTH

BERUNA

Cair Paravel

GLASSWATER

纳尼亚传奇
The Chronicles of NARNIA

VII

最后决战

〔英〕C.S.刘易斯 著

黄健人 译

人民文学出版社

图书在版编目（CIP）数据

纳尼亚传奇 . 7，最后决战 /（英）C.S. 刘易斯著；黄健人译 . -- 北京：人民文学出版社，2023（2025.6重印）
ISBN 978-7-02-018280-0

Ⅰ . ①纳⋯ Ⅱ . ①C⋯ ②黄⋯ Ⅲ . ①儿童小说 - 长篇小说 - 英国 - 现代 Ⅳ . ① I561.84

中国国家版本馆 CIP 数据核字 (2023) 第 186710 号

责任编辑　翟　灿
装帧设计　刘　远
责任校对　李晓静
责任印制　王重艺

NARNIA

主要角色表

蒂廉	纳尼亚最后一位国王,高贵、勇敢
朱尔	纳尼亚的独角兽,蒂廉国王的坐骑和好朋友
机灵	一只年老、丑陋但诡计多端的无尾猿,妄想统治纳尼亚
迷糊	一头懦弱的驴子,不想伤害任何人,只是比较愚笨,无尾猿利用了他的弱点
尤斯塔斯	全名尤斯塔斯·克拉伦斯·斯克罗布,佩文西四兄妹的表弟,以前懦弱、懒惰,曾在"黎明踏浪"号上得到锻炼、成长,这次与同学吉尔·波尔来纳尼

	亚解救蒂廉国王
吉尔·波尔	尤斯塔斯的同学,一个聪明、机警、喜欢冒险的女孩,这次与尤斯塔斯一起来纳尼亚解救蒂廉国王
波金	一个追随蒂廉国王的勇敢矮人
泰坎雷什达	卡乐门王国行动队长
埃莫斯	卡乐门王国一个正直、追求真相的贵族青年
阿斯兰	一头伟大的狮子。森林之王,海外帝王之子,来去自由。他的使命是推翻女巫的统治,拯救纳尼亚王国。阿斯兰在七部书中均有出现

目 录

第 1 章　大锅池畔 · · · · · · · · · 1

第 2 章　国王鲁莽 · · · · · · · · · 13

第 3 章　无尾猿耍威风 · · · · · · · 25

第 4 章　国王长夜奇遇 · · · · · · · 37

第 5 章　国王获救 · · · · · · · · · 48

第 6 章　夜袭马到成功 · · · · · · · 60

第 7 章　矮人的遭遇 · · · · · · · · 72

第 8 章　老鹰送信来 · · · · · · · · 86

第 9 章　山顶开全会 · · · · · · · · 97

第 10 章　谁进马厩 · · · · · · · · 109

第11章　节奏加快 · · · · · · · · · 121

第12章　穿过马厩之门 · · · · · · · 132

第13章　执拗的矮人 · · · · · · · · 143

第14章　黑夜笼罩纳尼亚 · · · · · · 157

第15章　奔向更高更远 · · · · · · · 169

第16章　告别幻影世界 · · · · · · · 181

第 1 章　大锅池畔

灯柱荒林再往西，遥遥西去，纳尼亚王国的最后岁月里，有只无尾猿。他很老很老，老到没人说得清他究竟何时来到此地，而且，他是你想得出来的最聪明、最丑陋、面孔最皱巴巴的一只无尾猿。他有个树叶盖顶的小木屋，坐落在一棵大极了的树的分叉之处。这只猿名叫"机灵"。树林的这片地方会说话的动物、巨人、矮人，即或人类都很少很少，但机灵却有个朋友兼邻居，是头驴子，名叫"迷糊"。至少他俩都说他们是朋友，不过，看他们的为人行事，你会觉得迷糊不像机灵的朋友，倒像他的仆人。凡事都由迷糊干。他俩一道去河边，机灵把大皮囊灌满水，但是迷糊把水驮回来。不论需要什么东西,都是迷糊沿河而下,去很远的城里驮回来,去时筐空空,回时沉甸甸。迷糊驮回来的所有东西,最好吃的都归机灵享用,因为机灵说:"迷糊,你懂的,我不像你,不能吃草啊、荆啊什么的。公平起见,我只好将就吃些别的啦。"

迷糊呢,总是说:"当然啦,机灵,当然啦,我懂。"迷糊驴从不怨三怨四,因为明白无尾猿比自己聪明太多,还觉得机灵竟乐意和他为友真是心太善。若是哪回迷糊想和机灵争一句,机灵就会说:"得啦,迷糊,怎么做更好我比你清楚得多。你知道自己不聪明,迷里迷糊的。"迷糊总是说:"是啊,机灵。没错儿,我是不聪明。"然后长叹一声,继续俯首听命。

那年的一天清早,两个朋友出门,沿着大锅池畔散步。大锅池是个大水潭,正对纳尼亚西头悬崖下方,一道大瀑布轰隆隆打雷般直泻而下,注入水池。水池另一头,纳尼亚河滚滚流出。水池永远波浪翻滚、冒泡旋转,转啊转,仿佛一大锅水沸腾翻滚,因此得名大锅池。早春,西部荒原群山冰雪融化,纳尼亚河源头河水暴涨,

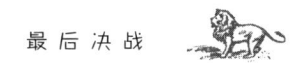

大锅池尤其欢实。两个朋友正注视着大锅池,机灵发亮的黑手指头忽一指,说道:

"快看!那是什么?"

"什么是什么?"迷糊问。

"那个瀑布刚冲下来的黄东西。看!又冒出来了,浮起来了。我们必须弄清楚是什么东西。"

"我们必须吗?"迷糊生疑。

"当然必须。"机灵道,"这东西没准儿有用呢。是条好汉你就跳下去给它捞起来,我们把它看个明白。"

"跳下大锅池?"迷糊迟疑道,两只长耳朵直摆。

"你不跳下去,我们怎么弄得到?"机灵说。

"可是——可是,"驴子迟疑,"你跳下去不是更合适吗?因为,是你想弄明白是什么东西,我并不大在意啊。再说,你有两只手,抓拿东西就和巨人或者矮人一样灵巧。我只有四只蹄子。"

"是吗?迷糊,"机灵不悦道,"真没想到你会这么说。真没想到这话能从你嘴里说出来。"

"咦,我说错什么了?"眼看无尾猿不高兴了,驴子低声下气,"我只不过说——"

"想要我跳下水去?"无尾猿气哼哼地说,"好像你压根儿不知道我们无尾猿的肺有多脆弱、多容易着凉似的! 那我就跳。这寒风飕飕的,我都冻死啦。可我还得跳下去! 没准儿我会死的,那你就等着伤心吧!"无尾猿似乎马上就要放声大哭了。

"千万不要,千万不要!"迷糊边叫边道,"机灵,我真不是那意思,真不是。你知道我有多傻,凡事一根筋,我忘了你胸膛很脆弱。当然是我跳下去。你千万别自己跳啊,得答应我。"

于是,机灵答应了。迷糊四蹄嘚嘚响,沿着水潭的石岸寻找能跳下水的地方。且不说春寒料峭,光跃进那潭翻腾冒泡的池水就不得了。驴子下决心之前,足足颤抖犹豫了一分钟。但这时,无尾猿在背后大喊一声:"迷糊,还是我来吧!"一听这话,驴子忙道:"不,不! 你答应过的。我这就跳!"说完腾身一跃,扑通下水。

一大片泡沫扑面而来,驴子灌了一大口水,两眼立刻茫茫,什么也看不清楚。接下来瞬间完全没入水底,再浮起来时就漂到了水潭另一处。漩涡吸住他,裹着他旋转,一圈又一圈,越转越快,直把他卷到瀑布正下方。瀑布冲力把他打下去、深深打下去,直到他无法屏气,再把他抛起来。等他浮起来,终于离那个他想够着的东西很近时,那东西又漂开了。直到这东西也来到瀑布下方,被打到水底,再浮起来,距离他更远更远。驴子筋疲力尽,浑身擦伤,麻木冻僵,快死之时,终于一口咬住了那东西。驴子叼着那东西爬出水潭,又被这东西绊住了前蹄,因为这东西大得像块壁炉地毯,沉甸甸、凉飕飕、滑溜溜。

驴子把这东西一下子甩到无尾猿面前。他浑身滴水,冻得直哆嗦,喘不上气来。可无尾猿看都不看他一眼,问也不问他一句,只顾围着那东西转圈,把那东西铺开来,又拍又闻。忽然,他两眼贼亮,开口道:

"这是张狮子皮啊!"

"呃——啊——啊——哦,是吗?"驴子大口喘气。

"嗯,我想……我想想看……想想看。"机灵自言自语,使劲思索。

很快,迷糊又说:"该把这东西埋掉,我们得办个葬礼。"

"哦,这不是一头会说话的狮子。"无尾猿机灵说,"你不用操心那个。西部荒原那边,瀑布那头没有会说话的狮子。这张皮一定来自哑巴野狮子。"

这话,顺便说一句,没说错。数月前,在西部荒原的某地,有个猎人,是个巨人,打死了一头狮子,剥了狮子的皮。不过,此事我们的故事不讨论。

"机灵,反正一样。"驴子道,"就算这张皮是一头哑巴野狮子的,难道我们就不该给他办个体面的葬礼吗?我是说,难道所有的狮子——不都是威风凛凛?因为你明白我说的是谁。难道你不明白?"

"迷糊,你还敢胡思乱想!"机灵说,"你知道,动脑筋可不是你的强项。我们要用这张皮给你做件漂亮暖和的冬装。"

"哦,我可不想要。"驴子道,"会看起来——我是说,别的动物会以为——就是说,我会感觉不——"

"你嘀咕什么呀?"无尾猿边问边抓挠自己,和别的同类一样，挠错了方向。

"要是我穿件狮子皮衣裳到处晃，这会对狮王阿斯兰本人有失敬重。"

"得啦，就别争了。"无尾猿说，"那种事，你这种驴子懂什么啊？迷糊，你清楚自己不善思考，干吗不让我来替你想啊？干吗不对我就像我对你一样啊？我都不认为自己万事行。我知道有些事你比我强，所以才叫你下大锅池啊。我知道你肯定比我干得好。可轮到我能干、而你不能干的事情，干吗不让我来？难道什么事都不许我干吗？公平点儿，轮流来嘛。"

"哦，好吧，你要那么说，当然啦。"驴子回答。

"听我说。"无尾猿说，"你最好立刻一路跑到点点滩去，瞧瞧人家卖不卖橙子和香蕉。"

"机灵啊，可我实在太累了。"迷糊哀求道。

"你是太累，可你又冷又湿，"无尾猿道，"得暖暖身子呀。快步跑跑正合适。再说啦，今天点点滩正好是赶集的日子呀。"然后，迷糊只好同意跑一趟。

驴子一走，无尾猿就蹒跚出发，时而两手，时而四脚，一直回到自己那棵树上。他从一枝飞攀到另一枝，一路笑个不停，叫个不停。回到自家的小屋，他立刻找出针线和一把大剪刀。这无尾猿心灵手巧，矮人们早就教会他缝纫了。他把线团（这线好粗，不像线，倒像细绳）塞进嘴里，结果脸上鼓起一个包，就像含了一大块太妃糖。无尾猿双唇抿住针，左手持剪刀，随即下树，慢慢踏过那张狮子皮，蹲下来开始干活。

无尾猿立刻发现狮子皮身子部分对驴子太长，而脖子部分又太短。就从身子剪下一大块，用来给迷糊的长脖子做衣领。然后，他剪下狮子头，把领子缝到脑袋和双肩之间。他把皮子两侧都缝起来，这样就能包住迷糊的胸膛和肚皮。头顶不时有鸟儿飞过，无尾猿会停下来仰头张望，着急担心，他可不想让任何人看到自己在做的事。还好，都是不会说话的鸟儿，所以不用担心。

午后很久，驴子才回来。他不是一路疾走，而是稳重徐行，驴子走路都这样。

"没有橙子，"迷糊报告说，"也没有香蕉。我累死啦。"说完卧倒在地。

"快过来，试试你漂亮的狮子皮新衣裳吧。"无尾猿道。

"唉！去他的旧狮子皮吧。"驴子道，"明早再试。今晚我动不了啦。"

"迷糊，你好没良心。"无尾猿嗔道，"你要是累死了，那我呢？这一整天，你在山谷里优哉游哉，溜达快活，我却在玩命给你缝衣裳，手都累得握不住剪刀啦。你连句谢谢都没说——连这件衣裳都不看一眼——你不在乎——而且——而且——"

"亲爱的机灵，"迷糊连忙站起身来，"对不起。我方才不像话。我当然要试试这衣裳，样子很漂亮。我马上就试，让我穿上吧。"

"那就站好啰。"无尾猿吩咐。狮子皮好重，举起来都费劲。不过，无尾猿又扯又拉，鼓气又打气，到底给驴子披挂停当。无尾猿把狮子皮在驴身下绑好，把狮腿绑在驴腿上，把狮子尾巴绑在驴尾上。从狮子头张开的大嘴处，驴子的灰色长鼻、长脸能露出一大片。见过真狮子的人不会被一时蒙骗。而从未见过狮子的人看一眼披着狮子皮的驴子，就会错把驴子当狮子，只要别走得太近，光线不要太好，迷糊没引颈驴叫，驴蹄也不踏地作响的话。

"你很漂亮，很漂亮！"无尾猿夸道，"不论谁现在见到你，都会以为你就是狮王阿斯兰本尊。"

"那可糟啦！"驴子担心道。

"不，才不糟！"机灵宽慰道，"人人都得听你发号施令。"

"可我不想对任何人发号施令。"

"可你想想我们能做多少好事呢！"机灵嚷道，"你得听我的话。我会替你想出合理的命令。谁都得听我们

的,连国王也不例外。我们能把纳尼亚一切统统安排好。"

"可一切都已经安排好了呀。"驴子道。

"说什么呢!"无尾猿大叫,"一切都好?——连橙子和香蕉都没有!"

"哎呀,你明白的,"迷糊说,"没几个人——实在说,除了你没别人——想要橙子和香蕉。"

"还得有糖。"无尾猿道。

"嗯——唔,对。"驴子同意,"要是再多些糖就好了。"

"得啦,一言为定。"无尾猿道,"你就假装阿斯兰,我会告诉你该说些什么。"

"不,不,不!"迷糊连声抗议,"别说这些可怕的事了,机灵,这么做可不对。我虽说不够聪明,这点还明白。要是真阿斯兰来了,咱俩不就完蛋了?"

"我想阿斯兰会很开心。"无尾猿说,"没准儿就是他故意把狮子皮送给我们的,好让我们安排一切。不管怎么说,他从来没出现过。如今更不会出现了。"

话音刚落，头顶一记响雷，大地震动颤抖，无尾猿和驴子双双扑面摔倒。

"瞧！"迷糊呼哧喘大气，刚喘过气就喊道，"这就是预兆，是警告！我就知道咱俩做错了事。赶紧把这狮子皮给我脱掉。"

"不，不！"无尾猿不干（这家伙脑筋转得快），说道，"恰恰是另一种预兆。方才我正要说，要是真的狮王阿斯兰——你这么叫他的——想要我们继续下去的话，就会给我们一声巨雷和一场地震。刚才这话已到嘴边，只是预兆来得比我快罢了。迷糊，你现在就该扮演狮王。咱俩别再吵啦，你知道自己迷糊。一头驴能懂什么预兆啊？"

第 2 章　国王蒂廉

大约三个星期后,纳尼亚最后一位国王坐在一棵大橡树下,大橡树就长在国王小猎舍的门旁边。明媚春日,国王常常坐在树下,一坐十天。猎舍低矮,茅草盖顶,离灯柱荒林东头不远,在两条河交汇地再往上。国王欢喜这里的朴素悠闲,远离王城凯尔帕拉维尔城堡的大排场。国王名叫蒂廉,年龄二十到二十五岁之间,宽肩强壮,四肢肌肉结实,但胡子稀疏,双眼湛蓝,一脸诚实勇敢。

那个春日的早晨,国王独坐,只有密友独角兽朱尔相伴。他俩亲如兄弟,在往日战斗中曾相互救过命。独角兽在近旁威严守护国王的宝座,弯下脖颈,将蓝色的独角在自己奶白色的身躯上来回打磨。

"朱尔,今天我既不想工作也不想玩乐。"国王道,"除了这条好消息,别的都不想。你觉得今天还会有更多好消息吗?"

"陛下,这些消息若当真,就是当今时代的最好消息了,也是我们父辈、祖父辈的最好消息。"朱尔回答。

"消息怎能不当真呢?"国王道,"一个多星期前,一群小鸟飞过我们头顶,叽叽喳喳叫着:'阿斯兰来了,阿斯兰又来纳尼亚了。'然后是那些小松鼠。松鼠没亲眼见到阿斯兰,可松鼠肯定阿斯兰来树林了。然后是雄鹿说亲眼看到了阿斯兰,远远的,就在月光下面,就在灯柱荒林。然后是那个来自卡乐门的商人,大胡子黑巨人。卡乐门人不像我们,对阿斯兰不感兴趣,但他说起阿斯兰来有鼻子有眼的。还有昨晚那只獾,也说他见到了阿斯兰。"

"是啊,陛下。"朱尔道,"我全都信。要是我样子不像相信的,不过是因为太开心、静不下心来而已。消息太好了,好得让人不敢相信。"

"是啊。"国王长叹一声,简直开心到战栗,"消息好过我一辈子的期盼。"

"听!"朱尔忽把脑袋偏向一边,两耳朝前。

"什么东西啊?"国王问。

"是马蹄声,陛下。"朱尔道,"是马人在飞奔,一个马人。一定是马人。瞧,他来了。"

一个金色大胡子的马人满脸流着人的汗珠,栗色的马的身躯也汗淋淋的,直冲到国王面前站定,低头深鞠一躬,大呼:"国王万岁!"嗓音深沉,和公牛一样。

"嘀，瞧瞧！"国王一面吆喝，一面回头朝猎舍门口下令，"给高贵的马人上碗好酒！欢迎你，荣威特！喘过气来再报告你这趟差事。"

一名侍从走出猎舍，端来一只雕刻精美的大木碗，递给马人。马人举起酒碗，祝酒道：

"先敬阿斯兰与真相，再敬国王陛下。"

马人咕咚咕咚喝干一大碗酒（足够六名大汉的量），把空碗还给侍从。

"好啦，荣威特，"国王说，"是给我们带来更多阿斯兰的消息吗？"

荣威特面色凝重，皱皱眉头。

"陛下，"马人报告说，"您知道我活了有多长，研究星象有多长，因为我们马人比你们人类寿命长，甚至比你们独角兽寿命都长。今年以来，我这辈子都没见过的星象出现在夜空中。星星完全没有预告阿斯兰，也没预告和平或者喜事。我的本领告诉我，五百年来从未有过如此糟糕的星象。陛下，我本想赶紧来告诉您纳尼亚大祸临头，但昨晚又听到谣传，说阿斯兰现身纳尼亚。陛

下，别相信这些胡说。不可能的事，星象从不撒谎，可是人和动物会撒谎。阿斯兰要是现身纳尼亚，夜空会有预兆。要是阿斯兰真的来临，所有星星都会虔诚聚集，向他致敬。那些消息真是谎言。"

"是谎言！"国王暴怒，"在纳尼亚或者全世界，什么生物敢对这种大事撒谎！"一面发怒，一面不由得握住剑柄。

"陛下，谁在撒谎我不清楚。"马人应道，"可我清楚地球上撒谎者多的是，星星上却没有一个。"

"我寻思，"独角兽说，"阿斯兰会不会不来了呢？虽说星象预兆是另一回事。阿斯兰不是星星的奴隶，而是星星的创造者。那些古老神话不都说他不是一头驯服的狮子吗？"

"说得好，说得好，朱尔，"国王大叫，"正是这句话——不是头驯服的狮子。多少故事都这么讲。"

荣威特刚要抬头倾身，向国王认真报告，忽然听到一声哭号！三人一齐回头。这哭号越来越近。西方林稠叶密，还看不到新来者，但很快就听清了哭号的内容。

"天啊!天啊!天啊!"那声音号道,"可怜可怜我的兄弟姐妹们啊!可怜可怜圣洁的树啊!林子被毁光啦!斧头在砍我们!我们纷纷倒下!大树都倒啦,都倒啦!"

随着最后一声"倒啦",哭喊者出现了,像个女人,但个子很高,脑袋几乎和马人齐平——可她也像一棵树。你要是没见过树精的话,就很难跟你讲清楚,但只要见过就不会错——颜色、声音、头发有点不同。蒂廉国王、马人和独角兽立刻明白,来者是个桦树精。

"陛下,求您主持公道!"树精哭求道,"救救我们啊!保护您的百姓啊!他们在灯柱荒林大砍大杀啊!我四十个兄弟姐妹已经倒下!"

"啊!女士!砍杀灯柱荒林?砍杀会说话的树?"国王怒喊,起身拔剑,"好大的胆!谁敢撒野?狮王在上——"

"啊——啊——啊!"树精惨叫,像是痛得发抖——像在被刀砍,一下又一下。须臾侧倒在地,仿佛双脚被砍断。刹那间,他们目睹树精倒地而死,消失不

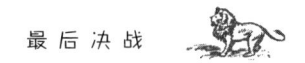

见。他们明白大祸发生,千里之外,她的树被砍倒了!

国王一时悲愤交加,无以言传。后来,他说:

"走吧,朋友们!我们必须沿河而上,去抓那些砍树的坏蛋,越快越好!把他们斩尽杀绝!"

"陛下,愿效犬马之劳!"独角兽表态。

但马人提醒道:"陛下,义愤归义愤,做事须小心。眼看乱子不断,山谷那头若武装造反,我们三人可无法应对。您若愿等的话——"

"一秒钟也等不得!"国王怒道,"不过,我和朱尔出发时,你立刻赶往凯尔帕拉维尔。我的戒指给你为凭。点十二名骑兵,全副武装,再点十二名会说话的大狗和十名矮人(全是神射手),再点一两只大豹,还有石足巨人。率领他们追上我们,越快越好。"

"遵命,陛下。"马人受命,即刻转身向东,沿山谷狂奔而去。

国王大步疾走,不时自言自语,不时攥紧拳头。独角兽伴他而行,一声不响。二人默默无言,唯有独角兽颈上的大金项链轻轻铿锵,还有两脚与四蹄咚咚踏地。

他们很快就来到河边，顺河而上，转上一条青草覆盖的大路。左边是大河，右边是森林。很快又来到一处地面坚硬、密林直生水边的地方。余下的路沿南岸前伸，他们只好蹚水过河。水深国王腋下，但独角兽（他有四条腿，所以更稳便）走在国王右边，抵挡湍流。国王伸出结实的右臂，搂住独角兽脖子，二人平安渡河。国王依然怒气冲冲，几乎没注意河水冰凉。但一登岸，他就自然而然地将宝剑在斗篷肩部擦干，身上就剩下这里还干爽。

现在，他们向西趱行，右手是河，正前方是灯柱荒林。走出不到一英里，二人同时驻足，同时开口。国王喊道："快看是什么？"独角兽喊道："快看哪！"

"是只木筏。"国王判断。

果真是只木筏。六根大树干，全部是新伐的，砍去树枝，捆绑成为木筏，正顺河漂流而下。木筏前方有只水老鼠，撑一根长木棍导航。

"喂！水老鼠！你干什么去？"国王大声问道。

"陛下，我把木头运到卡乐门去。"水老鼠回答，边说边碰碰耳朵,就像真戴了顶帽子,碰碰帽檐致敬似的。

"卡乐门!"国王大吼一声,"什么意思?什么人下令砍的这些树?"

这个季节河水飞速流淌,国王话音刚落,木筏就已滑过,不过水老鼠扭头大声回答:

"是狮王的命令,陛下,阿斯兰亲自下令。"水老鼠还嚷嚷了几句,可他们听不清了。

国王和独角兽大眼瞪小眼,比打什么仗都更恐惧。

"阿斯兰,"国王终于低声吐出,"阿斯兰!是真的吗?他会下令砍倒神树,杀害林仙?"

"除非树精们犯下逆天大罪——"独角兽嘟哝。

"把树木卖给卡乐门人!"国王疑惑,"可能吗?"

"我不知道。"朱尔难过道,"这狮子不是头驯服的狮子啊。"

"嗯,"国王终于道,"我们必须赶过去,遇险就上。"

"陛下,我们别无选择啦。"此时,独角兽还没想过区区二人就前往冒险有多愚蠢,国王也一样。他俩太鲁莽,到头来吃大亏。

突然，国王使劲倚着独角兽的脖子，埋下头去。

"朱尔，"国王说，"前面会是什么？我心乱如麻，今天之前就死掉该多好！"

"是啊。"独角兽附和，"我们活得太久啦，如今大祸临头啦。"二人傻站片刻，接着前行。

很快就听到乒乒乓乓的斧头砍树的声音，虽还看不到，因为前方一片高地挡住了视线。走到高地顶上，灯柱荒林便一览无余。国王顿时大惊失色。

穿过那片原始森林正中——就在那片金树、银树生长的地方，一名来自我们世界的孩子曾经种下过一棵保护之树——此刻，森林已被开出一条巷道，这条巷道丑陋无比，好比大地生生被撕开一道口子，四处泥沟纵横，都是拖拽被砍倒的树去河边形成的。一大群人在干活儿，皮鞭啪啪响，马儿卖力拖拽圆木。

令国王和独角兽大惊失色的头一件事是，约一半人不是会说话的动物而是人。第二件，这些人不是浅黄头发的纳尼亚人，而是些肤色暗黑的留有大胡子的大汉。他们来自卡乐门，卡乐门位于大沙漠之南，阿钦兰王国

背后，是个广袤残忍的国家！在纳尼亚遇上几个卡乐门人——商人或大使——并不奇怪，因为那年头纳尼亚与卡乐门之间还有和平。可国王不理解的是，为何有这么多卡乐门人？这些卡乐门人为何在纳尼亚森林里挥斧砍树？他握紧剑柄，将斗篷卷上左臂。二人迅速冲下高地，冲向伐木者。

两名卡乐门人正在驱赶一匹马，马儿在拖拉一根圆木。国王冲向他们时，那根圆木正陷入一摊烂泥。

"快走！懒鬼！快拉呀，你这懒猪！"卡乐门人抽响皮鞭骂道。马儿已竭尽全力，两眼充血，口吐白沫。

"使劲儿！懒畜生！"卡乐门人破口大骂，边骂边狠狠抽马。就在那一刻，奇事发生，令人生畏。

直到刚才，国王还理所当然地以为卡乐门人驱赶的是他们自己的马，是那些不会说话的弱智的动物，就和我们世界的动物一样。国王虽不忍目睹哑巴牲口惨遭虐待，但主要忧心的还是那些遭到砍杀的神圣树木。他从没想过谁敢把纳尼亚会说话的马套上缰绳使唤，更不用说举鞭抽打了。正当野蛮的卡乐门人挥鞭抽马时，不料马儿腾起前蹄，厉声嘶鸣：

"傻瓜和暴君！没见我已竭尽全力了吗？"

蒂廉国王和独角兽一发现这是纳尼亚人会说话的马，顿时怒火冲天，无法遏制。蒂廉高举宝剑，独角兽朱尔埋下脑袋，二人并肩冲上前去。两名卡乐门人登时暴死，一个被国王的宝剑削掉脑袋，另一个被独角兽一角刺穿心脏。

第 3 章　无尾猿耍威风

"马爷，马爷，"蒂廉一面急急割断马身上的挽具，一面问道，"这些异族人怎么会奴役你？纳尼亚被征服了吗？打过大仗了吗？"

"没有，陛下。"马儿气喘吁吁地回答，"阿斯兰来了。都是他下的令。他已下令——"

"留神危险，陛下！"朱尔警告道。蒂廉抬头一看，发现几名卡乐门人（其中还有几只会说话的动物）正从四面八方冲向他们。起先两名卡乐门人死得无声无息，人群不曾及时反应，但此刻他们明白过来，多数人手持已出刀鞘的弯刀扑了过来。

"快！骑上我的背！"独角兽朱尔说。

国王翻身跨上老友脊背,独角兽转身疾跑。一跑出敌人视线,独角兽就换了几次方向,越过一道溪水,速度不减,大叫道:"陛下,我们奔哪儿去呀?去凯尔帕拉维尔吗?"

"站稳,伙计!"蒂廉回答,"让我下去。"国王溜下独角兽,面对伙伴。

"朱尔,"国王道,"我们刚才犯下大过。"

"我们刚才给惹急啦。"朱尔说。

"可趁人不备就杀过去——不经挑战——而且人家手无寸铁——唉!我们就是两个凶手,朱尔。我从此名誉扫地。"

朱尔垂下脑袋,也觉羞愧难当。

"还有,"国王接着说,"那会说话的马说是阿斯兰下的令。水老鼠也这么说。人人都说阿斯兰来了。这消息万一是真的呢?"

"可是,陛下,阿斯兰怎么可能下令干这种坏事?"

"他不是头驯服的狮子。"蒂廉回答,"他要干什么,我们怎么料得到?朱尔,我们是凶手。我要回去。交出我

的剑,让那些卡乐门人带我去见阿斯兰,全凭狮王发落。"

"那你就是自己找死。"朱尔说。

"若被阿斯兰处死,你以为我在乎?"国王道,"不算事,根本不算事。要是狮王真来了,却跟我们相信的、盼望的不一样,死了总比担惊受怕好得多。就好比有天太阳升了起来,却是个暗无光亮的黑太阳。"

"我懂。"朱尔道,"或好比你喝水,喝的却是干巴巴的水。陛下,您是对的。万事该休,我们去投案自首吧。"

"没必要我们两个都去。"

"要是我们两个往日相亲相爱,如今我就应该陪你去。"独角兽忠心耿耿,"你若死了,阿斯兰又不像个阿斯兰,生命于我还有何意义?"

二人转身,一起往回走,满脸伤心泪水。

刚回到伐木工地,卡乐门人就发出呐喊,手举武器朝他们扑过来。但国王举起宝剑,剑柄朝前,对众人说:

"我曾为纳尼亚的国王,如今是颜面扫地的骑士,我向阿斯兰自首,请他发落。带我去见他。"

"我也自首。"朱尔跟着说。

这时，黑肤色的人们一层层围了上来，一股大蒜、洋葱味儿扑面而来，白牙反衬褐脸，熠熠发光。他们将绳子套上朱尔的脖子，夺走国王的宝剑，把他双手绑到背后。一个戴头盔而非系缠头巾的卡乐门人似乎是头领，从蒂廉头上掳走金王冠，连忙塞进自己的衣服。他们将两名犯人带到山头的大片空地。两名犯人将一切尽收眼底。

空地中心是山头制高点，有座小屋，像是马厩，茅草盖顶，屋门紧闭，门前草地上坐着只无尾猿。蒂廉和朱尔本以为会看到狮王阿斯兰，而且他俩从来没听说过什么无尾猿，这下糊涂了。无尾猿当然就是那只叫"机灵"的猴子，不过比往日住大锅池畔时又丑了十倍，因他如今穿上了衣服，一件猩红的夹克衫，并不合身，是个矮人给他缝的。两只后爪还套上了镶宝石的拖鞋，拖鞋又不肯老实待在该待的地方，因为如你所知，无尾猿后爪就和人的手一样。他头上还戴着一顶像是纸做的王冠，身旁是一大堆坚果，他的爪子不停地抓坚果，嘴里不停地吐果壳。无尾猿还不停地拉开红色夹克衫挠身体。一大群会说话的动物站在无尾猿面前，个个愁容满面，

困惑不已,当他们看到押来的犯人是谁时,立刻发出哀鸣,交头接耳起来。

"哦,机灵大人,阿斯兰代言人,"卡乐门头领报告,"我们把犯人给您带来了。我们以本领和勇气,经伟大的塔什神允许,活捉了这两个铤而走险的凶手。"

"将那家伙的剑呈上来。"无尾猿下令。于是,人们将国王的宝剑连同剑鞘和剑带,呈给无尾猿。无尾猿把剑挂到自己身上,结果模样更蠢。

"两名犯人待会儿再审。"无尾猿道,朝犯人吐出坚果壳,"我还有别的要紧事。他俩先等着。所有人听着——最要紧的是坚果。松鼠头领在哪儿?"

"是我,大人。"一只红松鼠走上前,战战兢兢地鞠

了个躬。

"哦,是你? 你就是?"无尾猿恶狠狠瞪它一眼,"听我吩咐。我要——我是说,阿斯兰要——更多坚果。你们上贡的远远不够。必须上贡更多,明白吗? 要两个这么多才行。明天日落时必须送到。不许有小的、坏的。"

其他松鼠一阵慌乱,咕咕哝哝。松鼠头领壮起胆子回复:

"求求你,狮王能不能亲自给我们下令? 我们可不可以进去面见狮王——"

"那不行。"无尾猿道,"狮王也许会大发善心——虽说你们多数人没资格见他——今天晚上出来几分钟。到时候你们就都能看见他了。但他不允许你们全都围着他,问东问西。你们的所有问题都得先经过我——由我来决定值不值得烦扰他。好啦,全体松鼠赶紧去办坚果的事。明天晚上必须送到。否则,我说话算话,有你们倒霉的!"

可怜的松鼠像被狗追一般,四下逃散。这道新旨就是噩耗。小心收藏的冬粮都快吃光了,只剩下一点点,

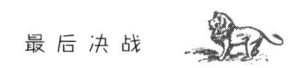

上贡给无尾猿的坚果已经远超松鼠能节省的口粮。

这时,传来低沉的喉音——来自一头獠牙长伸、毛发蓬乱的巨大野猪——他从人群另一头发声:

"可为什么我们不能好好面见狮王,跟他说话?"野猪质问,"很早以前他经常在纳尼亚出现,谁都可以和他面对面说话。"

"敢信这些鬼话!"无尾猿道,"就算是真的,时代变啦。阿斯兰说从前他对你们心太软,明白吗?哼,他再也不心软啦。这一回,他要教教你们规矩,叫你们以为他是头驯服的狮子!"

野兽们一片呻吟,一片抱怨。须臾,一片静默,死一般静默,更其哀伤。

"还有件事你们得明白。"无尾猿接着说,"听说你们议论找是无尾猿?哼!我可不是猿,我是人,虽说模样像无尾猿,那是因为我太老太老——几百岁、几千岁啦。正因为老,我才智慧。正因为我智慧,阿斯兰才肯和我一个人说话。他可不乐意跟一大群动物说话。他会交代我你们该干什么,我再传达给你们。听我的吩咐,该干什么抓紧干,狮王可不容忍任何胡说八道。"

动物们哑口无言,除了一只很小的獾在哭。獾妈妈尽力哄他别出声。

"还有件事。"无尾猿继续说,一面往嘴里塞颗新鲜坚果,"我听到有匹马在说:'快干,赶紧把这些木头运完,我们就自由啦。'哼!劝你们赶紧打消这念头。不只马别想,你们谁都别想,往后你们统统都得干活儿,阿斯兰已经和卡乐门国王蒂斯罗克说定了,我们黑面孔的朋友卡乐门人都这么称呼他。所有的马啦、牛啦、驴啦,都要派去卡乐门干活活命——跟其他国家牲口一样,拉车运货。所有挖掘动物——鼹鼠啦、兔子啦、矮人啦,统统下到蒂斯罗克的矿井挖矿。还有——"

"不,不,不!"动物们齐声哀号,"不可能!阿斯兰绝不会出卖我们去给卡乐门当奴隶!"

"没有的事!闭嘴!"无尾猿龇牙咆哮,"谁说当奴隶啦?你们不会当奴隶,会有报酬——而且报酬丰厚。就是说,你们的报酬会进入阿斯兰的国库,他会用来给大家发福利。"说到这儿,无尾猿对卡乐门首领使了个眼

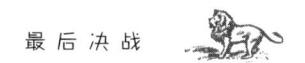

色。此人鞠个躬，一副卡乐门人得意扬扬的腔调：

"大人，阿斯兰最贤明的代言人，蒂斯罗克——愿国王万寿无疆——完全赞同这项明智计划。"

"听，你们听听！"无尾猿道，"全都安排好啦。全都是为你们好。用你们挣来的钱，我们能把纳尼亚建成最宜居的好地方。橙子啊、香蕉啊，会堆成山——道路啊、大城市啊、学校啊、写字楼啊会建起来，还会有鞭子啊、口套啊、马鞍啊、兔笼啊、狗舍啊、监狱啊——哎呀呀，总之，样样全。"

"可我们不稀罕这些东西！"一头老熊怒道，"我们只要自由。我们要亲耳听狮王讲话。"

"你还敢顶嘴！"无尾猿发飙道，"我可不准许。我可是个人，你不过是头又肥又老的笨熊。你懂什么自由？你以为自由就是想做什么就做什么吗？你错啦！你想做什么就做什么不是自由，我要你做什么你就做什么才是自由。"

"哼——哼——哼。"老熊气得直哼哼，气得抓脑袋，觉得这种话难以理解。

"请问，请问。"一只毛茸茸的小羊羔发出尖叫。羊羔那么小，群兽听他尖叫都大吃一惊。

"又怎么了？"无尾猿问，"快讲。"

"请问，"羊羔道，"我不明白，我们跟卡乐门人有什么相干？我们属于阿斯兰，他们属于塔什。他们有个神叫塔什，人家说塔什有四条胳膊和一颗秃鹫脑袋。他们在祭台上杀人献给塔什。我不信世上有塔什这东西。就算有，阿斯兰怎么会跟他做朋友？"

所有动物都支起脑袋转向无尾猿，所有眼睛都亮闪闪怒视无尾猿。全都觉得这问题问得最最好。

无尾猿跳起来对羊羔吐口水。

"小东西！"无尾猿怒吼，"傻头傻脑的小咩咩！回家找你妈吃奶去！这些事你懂个屁！其他人，都给我听好了。塔什不过是阿斯兰的另一个名字。我们从前认为我们是对的而卡乐门人是错的老观念纯属愚蠢。现在我们明白多了。卡乐门人用词不同，但说的东西是一个。塔什和阿斯兰就是大家都知道的那个神的不同名字而已，这也是他俩从不会争吵的原因。记住这条，你们这

些蠢东西。塔什就是阿斯兰，阿斯兰就是塔什！"

你熟悉自家狗狗有时会一脸悲伤。你想想这悲伤就明白那群动物此刻的模样啦——那所有诚实、谦卑、困惑的小鸟、大熊、野獾、野兔、鼹鼠、老鼠——他们的面孔远比狗狗悲伤。没一条尾巴不低垂，没一根胡子不耷拉。若目睹这些面孔，你心都要苦碎了。只有一张脸压根儿不难受。

那是一只姜黄色的猫——一只正当盛年的大公猫——尾巴盘住脚趾，坐得笔直，就坐在所有野兽最前排。这猫一直死死盯着无尾猿和卡乐门人的首领，眼睛都不眨一下。

"请原谅。"猫儿彬彬有礼地开口道，"但我对此很感兴趣。大人，您的这位卡乐门朋友也这么说吗？"

"当然。"卡乐门首领回答，"聪明的无尾猿——我说的是人——说得对。阿斯兰就是塔什，不多也不少。"

"尤其是，阿斯兰不比塔什更多？"猫儿问。

"完全不比他更多。"卡乐门人直盯猫儿的脸。

"姜黄猫，这答复够好了吧？"无尾猿问。

"哦，当然。"猫儿语气简慢，"我不过想弄弄清楚，现在开始明白了。"

直到现在，国王和独角兽一直沉默无语——他俩一直在等待无尾猿命他们开口，因为觉得打断谈话没有用。但此刻，蒂廉看一遍那些纳尼亚王国悲伤的臣民，发现他们竟然都相信阿斯兰与塔什是同一个神，便忍无可忍了。

"刁猴！"国王放声怒吼，"你撒谎！弥天大谎！你撒谎就像卡乐门人！你撒谎就像刁猴！"

国王原打算接着说下去，质问无尾猿，靠自己臣民鲜血养活的塔什神怎么可能与用自己鲜血拯救臣民性命的好狮王是同一个神。要是准许他讲话，无尾猿的统治当天就会终结；群兽就会看清真相，推翻无尾猿的统治。可惜他还没来得及再说一句，就被两名卡乐门人用尽全力，狠狠打嘴，还被第三个人从背后狠狠踢了一脚。国王跌倒在地时，怒火中烧。恐惧交加的无尾猿尖声叫道：

"把他带走！把他带走！带去他听不见我们说话，我们也听不见他说话的地方。给他绑到树上。我要——我是说，阿斯兰要——亲自审判他！"

第4章　国王长夜奇遇

国王被打倒在地，头昏脑涨，发生什么几乎一无所知，直到卡乐门人解开绑他手腕的绳子，将他双臂紧贴身体两侧，脊背紧贴树干，绑到一棵桦树上。又将他脚踝、膝盖、腰和胸膛统统绑了起来，然后走了。此刻，最让他难受的是（常常最小的事情最让人难以忍受）他的嘴唇被打的地方在不断滴血，却无法擦掉，可那地方好痒。

从他站立的地方还看得见山顶的小马厩，无尾猿就坐在马厩前。无尾猿还在说呀说呀，兽群中不时也有回应，但都听不清楚。

"还不知他们如何折磨朱尔呢。"国王难过地想。

不久兽群四散，各奔东西。有些动物打蒂廉近旁经过。他们看看国王，见他被五花大绑，似乎又害怕又难过，很快就都走了，林子里一片寂静。国王一小时一小时地煎熬着，先是渴得冒烟，后是饿得难受。下午艰难过去。傍晚到来时，寒气袭人，国王脊背作痛。后来，夕阳西下，暮色四合。

天快黑时，蒂廉听到啪嗒啪嗒，轻轻的脚步声，发现有几只小动物朝他走来。左边三只老鼠，中间一只兔子，右边两只鼹鼠。都背着小包包，暗夜里显得奇形怪状，所以起先国王无法判断来者究竟何人。很快，他们就都立起后腿，凉凉的前爪搭上国王膝盖，鼻子抽抽地行吻礼（他们够得着国王膝盖，因为纳尼亚王国那些会说人话的动物比英格兰的哑巴动物大得多）。

"国王陛下！亲爱的国王陛下！"他们用尖细的声音叫道，"我们为您难过，但不敢给您解绑，因为阿斯兰会对我们大发脾气，不过我们给您带来了晚餐。"

打头的老鼠立刻灵活地往上爬，爬到绳子捆绑蒂廉胸膛的地方，对着国王的脸不停地抽鼻子。第二只老鼠

爬上来，抓住了第一只老鼠，其他动物开始从地面往上传递东西。

"喝吧，陛下，喝下去就能吃东西啦。"最顶端的老鼠说。蒂廉发现有只很小的木头杯子举到了他嘴边，只有蛋杯①那么小，所以还没尝出酒味，杯子就空了。老鼠把杯子传下去，别的老鼠再倒满杯，传递上来，蒂廉再次一口喝光，就这样，动物们不停地传递，直到国王不再唇干舌燥。这样小口小口喝东西最好，远比一大口灌下去更解渴。

"陛下，奶酪来啦。"打头的老鼠说道，"不过不多，怕您口渴。"奶酪之后，他们又喂国王燕麦饼、新鲜黄油，更多美酒。

"现在把水递上来。"打头老鼠发令道，"我给国王洗洗脸，脸上有血呢。"

接着，国王感觉好像有块很小的海绵在脸上轻拍，太舒服啦。

"小友们，"国王感谢道，"你们所做的这一切，我无

---

① 蛋杯，盛放一只煮蛋的小杯子。

以回报啊。"

"陛下不必,不必。"小动物们一齐说,"我们还能做什么呢? 我们不想要别的王。我们是您的子民。要是只有那无尾猿和卡乐门人与您作对,在您被绑之前,我们就会跟他们拼命,被剁成肉酱也不惜。我们一定会,一定会。但我们不能与阿斯兰为敌。"

"你们觉得那真的是阿斯兰?"国王问。

"哦,是的,是的。"兔子道,"昨晚他走出马厩了。我们亲眼见到他了。"

"他什么模样?"国王问。

"就像一头无敌伟大的雄狮。"第一只老鼠应声。

"你们真以为阿斯兰会下令杀死树林精灵,把你们统统变为卡乐门人的奴隶?"

"哎呀,那可太糟了,不是吗?"第二只老鼠道,"大祸临头之前,我们还不如死了好。可是毫无疑问,人人都说这是阿斯兰的命令,我们也亲眼见到了。没想到阿斯兰会那个样子! 咦,我们——我们从前还巴不得他回到纳尼亚呢。"

"这次他回来好像怒气冲冲。"头一只老鼠说,"我们一定犯了大错还不自知。他一定是在惩罚我们。可我真觉得他该说说我们到底错在哪里!"

"我们眼下是不是在干错事?"兔子猜度。

"我才不在乎。"一只鼹鼠道,"我还要再干。"

但别的动物说:"嘘——小点儿声,当心。"接着,他们全都表示:"亲爱的国王陛下,抱歉啊,我们得回去啦。要是在这儿给抓住,我们就完啦!"

"赶紧回吧,亲爱的朋友们。"国王道,"即使要我交出纳尼亚,也不能让你们任何人陷入危险。"

"晚安,晚安。"动物们道着再见,小鼻子直蹭国王的膝盖,"我们还会来的——如果能来的话。"然后,他们就啪嗒嗒地离去了。林子似乎也比他们来之前更黑、更冷、更寂寞了。

星星出来了,时间慢慢过去——想想有多慢吧——纳尼亚最后一位君王,被笔直地绑在树上,身体又僵又痛。但终于发生了一件事。

一道红光远远出现。消失片刻,复又回来,这光越来越大、越来越亮。接着，国王看到光的旁边有黑影来回动，搬运一捆捆的什么东西往下扔。现在明白了，原来是一堆篝火，新点燃的篝火，人们在朝火里扔成捆的干树枝。火焰升腾，蒂廉看清原来是在小山顶上。看得清篝火后面的马厩，被红彤彤的火光照亮，一大群动物和人就站在他与篝火之间。一个小小身影蜷缩在篝火旁边，一定是那只无尾猿。无尾猿在对动物们说话，但国王听不清楚。接着，无尾猿走到马厩门前，一连三次，深躬到地，再直起身，打开门。这时，一只四条腿的动物——步态僵硬——走出马厩，面对动物们站定。

动物们顿时放声哭号，哭号震天，蒂廉能分辨出只言片语。

"阿斯兰！阿斯兰！阿斯兰！"动物们求告，"说话吧，安抚我们。别对我们发怒啦！"

从蒂廉站的地方无法看清那是什么动物，但看得出那只动物有毛茸茸的黄皮。他从未见过狮王，也从未见过任何普通狮子，无法判定所见是不是真的狮王。但他没料到，阿斯兰会站得那么呆板、沉默。可谁又能判定

呢?他一时心乱如麻——忽然想起关于塔什就是阿斯兰的鬼话,恍然大悟,觉得整件事就是一场大骗局。

无尾猿把头凑到那个黄东西脑袋跟前,像在倾听那东西的什么耳语。随即他转身对动物们讲话,动物们再次哭号。那个黄东西笨拙转身,慢慢走开——简直摇摇晃晃——回到马厩。无尾猿连忙关上门。随后篝火被扑灭,亮光骤然消失。蒂廉再次独对暗夜,又冷又黑。

他想到旧时代在纳尼亚生生死死的其他国王,好像谁的运气都比他好。他想到曾祖父的曾祖父——瑞廉国

王——当他还是个小王子的时候就被女巫偷走,藏在黑洞中很多年,就在北方巨人的土地下面。但后来一切都好起来,有两个世界尽头之外的孩子突然神秘出现,把他救了,他得以重返纳尼亚,而且在位长久,国家兴旺。"我运气可真差。"蒂廉继续追溯,想到瑞廉的父亲——航海者凯斯宾,他邪恶的叔叔米拉兹国王要暗杀他,凯斯宾便逃入森林,与矮人们一起生活。但那个故事最后结局也很好,因为凯斯宾被孩子们解救了——那是四个孩子——他们来自外面的世界,打了一场恶战,帮他夺回了父亲的王位。"那都是老早以前的事了。"蒂廉对自己说,"那等好事如今不会再有啦。"这时,他又想起(他从小就熟悉历史)那四个帮过凯斯宾的孩子早在一千年前在纳尼亚待过,就在那时他们打败了可怕的白女巫,结束了几百年的冬天,随后他们在凯尔帕拉维尔统治了多年(四个人一起),直到他们自己不再是小孩子,而成为伟大的国王和可爱的女王。他们统治的岁月便成了纳尼亚的黄金时代。阿斯兰也频频出现在那个故事中。蒂廉还记得,狮王在其他故事里也出现过。"阿斯兰——

还有另一个世界来的孩子们。"蒂廉在心中想道,"在事情最糟糕的时候,他们总会出现。哦,要是他们现在能来该多好啊!"

于是,他大声呼号:"阿斯兰!阿斯兰!阿斯兰!快来帮帮我们吧!"

但是黑暗、寒气、静默,依然如故。

"杀了我吧,"国王大叫,"我不为自己求告。请来拯救全体纳尼亚居民吧!"

然而,黑夜与森林依然如故,只有蒂廉内心在发生变化。说不清为何他开始萌生出一线希望,而且这希望在增长。"哦,阿斯兰,阿斯兰,"他悄声呼唤,"要是你自己不能来,至少从另一个世界给我派些助手来吧,或者允许我呼唤他们吧。把我的呼唤传到遥远的另一个世界吧。"接着,他不知不觉地,竟忽然大喊起来:

"孩子们!孩子们!纳尼亚的朋友们!快快到我这里来吧。越过重重世界,我在呼唤你们。我是蒂廉,纳尼亚的国王,凯尔帕拉维尔的君主,孤独群岛的皇帝!"

他立刻坠入梦境(假如是场梦的话),这是他一生中最生动的一个梦。

他好像站在一间灯火通明的屋子里,有七个人围坐桌旁,像是刚吃完饭。其中的两个很老很老,一个是白胡子老头儿,另一个是老太太,眸子发光,透着聪明快活。老头儿右手边那个男子好像尚未成年,肯定比蒂廉还年轻,但神情英武,好似君王和勇士。老太太右手边那个青年也同样英气勃勃。桌子对面,脸朝蒂廉的是位金黄头发的姑娘,比两名男子更年轻,她的两旁各坐着一个男孩和一个女孩。蒂廉觉得他们穿的衣服好奇怪。

但他来不及琢磨这类细节,因为那个男孩和女孩忽然站起身来,其中一个还小声尖叫。老太太一惊,深吸一口气。老头儿肯定也突然做出一个动作,因为他右手的酒杯被扫到地上——蒂廉听得到玻璃杯撞在地板上破碎、叮当乱响的声音。

这时,蒂廉才明白这些人都能看见他。他们全都目瞪口呆地望着他,就像看到了一个鬼魂。不过,他发现那位在老头儿右手边就座、模样像国王的男子没有动作(虽说脸色变白),只是握紧了拳头。然后说道:

"说话吧,你若不是幽灵,不是梦的话。你的神态像纳尼亚人,而我们是纳尼亚王国的七位朋友。"

蒂廉急于说话,很想大叫,声明自己就是纳尼亚国王,急需救助。但他发现(和我有时在梦里发现的一样),张大嘴却发不出声来。

那个刚才跟他说话的人站起身来说:"不管你是幽灵还是鬼影,不管你是谁,"他两眼紧盯着蒂廉,"你若来自纳尼亚,我就要以阿斯兰的名义责令你,把话说出来。请回答我,我是至尊王彼得。"

房间在蒂廉眼前漂浮起来,他听到那七个人一齐开口,但声音很快越来越小,他们在说:"瞧,他在消失。""融化了。""不见了。"下一刻,国王蒂廉从梦中完全醒来,发现自己依然被绑在树上,浑身上下更冷更僵。拂晓时分,苍白凄凉的光芒笼罩树林,他浑身被露水湿透,黎明就要来了。

梦醒之时,大概是他此生最最悲伤的时刻。

第5章　国王获救

好在伤心并不长久，几乎同一时刻国王听到砰的一声，接着又是砰的一声，面前出现两个孩子！一秒钟前林子里还空空荡荡；他们也不会是从背后树林中冒出来的，否则国王会听到声音。这两人就是从天而降！国王一眼就发现他们穿的衣服式样古怪，颜色昏暗，就和他梦里见到的一样，而且再看一眼，发现正是那七人中的男孩和女孩。

"哎呀！"男孩惊呼，"吓人一跳！我还以为——"

"赶紧给他松绑。"女孩说，"我们等会儿再说。"然后她转向蒂廉说："抱歉来迟了，我们刚有时间就出发了。"

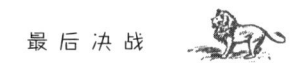

女孩说话时，男孩已从衣兜里掏出一把刀，很快割断国王的绑束——实在太快了点。因为国王浑身僵硬麻木，最后一根绳子刚割断，他就笔直地扑倒在地。他使劲揉腿，直到恢复活力，才重新站立起来。

"嘿，"女孩道，"那个人就是你吧？那天晚上我们正吃晚饭？大概一星期前。"

"一星期，漂亮姑娘？"蒂廉说，"我做梦进入你们的世界不过十分钟前。"

"吉尔，时间总是乱七八糟的。"男孩说道。

"想起来了，"国王道，"所有古老的故事里也总提到这一点。你们那奇妙世界里的时间跟我们世界的时间不同。不过，说到时间的话，我们得抓紧离开这儿，因为我的敌人马上就到。你们和我一起跑吗？"

"当然。"女孩回答，"我们就是来帮你的。"

蒂廉站起来，带着他们赶紧下山，朝南方远离马厩的地方跑去。他知道自己打算去哪儿，但第一要紧的是走石头地面，免得留下脚印；第二要紧的是过河，免得留下气味。这使得他们跋山涉水长达一个钟头左右，匆匆赶路喘不上气，谁也不说话。即便如此，蒂廉也不时地打量两个同伴。与来自另一个世界的人一起赶路，令他感到有些晕头转向，但同时也使他感到眼下那些古老神话远比从前显得更为真实……如今什么事情都可能发生。

"好啦！"蒂廉松口气。他们来到一道小山谷尽头，山谷下面遍生年轻的桦树林。"这片地方坏蛋一时追不上来，我们可以走得从容些。"红日东升，小鸟欢唱，露珠在枝头闪闪发光。

"吃点食品怎么样？——我是说陛下您，因为我们两个吃过早饭了。"男孩说。

蒂廉不知他说的"食品"是什么东西？但见男孩从背包里掏出一个软塌塌、透着油渍的包装袋，顿时明白，并觉饿得要命。原来纸袋里是两个鸡蛋三明治、两个奶酪三明治，还有两个夹着什么酱的三明治。若不是饥肠辘辘，他不会吃这黏糊糊的果酱，纳尼亚人谁也不吃这种东西！等他六个三明治咽下肚，三人已下到谷底。发现一座青苔覆盖的山崖，一道山泉从崖中汩汩涌出。三人站住，掬水解渴，洗洗发烫的面庞。

"好啦，"女孩一边甩额上的湿头发，一边说道，"你该告诉我们你是谁？为什么被绑？等等一切了吧？"

"非常乐意，姑娘。"蒂廉道，"但我们还得大步赶路。"于是，两个孩子边走边听国王讲述他遭遇的一切。最后他说："好啦，我打算去一座塔楼。是我爷爷在世时修建的三座塔楼之一，用来守护灯柱荒林，抵御当年住在那里的险恶叛匪。感谢阿斯兰的好意，没收走我的钥匙。在那座塔楼里，我们能找到收藏的武器、铠甲还有给养，虽说不过是些饼干而已。我们还可以在那儿安全躺下，制订计划。现在，请二位说说你们是谁，为什么帮我吧。"

"我是尤斯塔斯·斯克罗布，她是吉尔·波尔。我们以前来过这里，很久很久以前，按照我们的时间就是一年多以前。那时候有位瑞廉王子，人家把他关在地底下，沼泽人帕德尔格鲁姆把他的脚伸进——"

"哈！"蒂廉惊呼，"你们就是尤斯塔斯和吉尔呀！是你们解救了长期被魔法镇压的瑞廉国王！"

"对的，就是我俩。"吉尔道，"他现在是瑞廉国王了吗？哦，当然他是。我忘了——"

"不，"蒂廉说，"我是他的第七代后人。他两百年前就死啦。"

吉尔做了个鬼脸，"哦！"她应了一声，"那是重回纳尼亚最可怕的事。"但尤斯塔斯接着说下去：

"陛下，现在你知道我们是谁了。是这么回事——教授和波丽姨妈把我们纳尼亚的朋友都召集起来了——"

"尤斯塔斯，我没听说过这些名字啊。"蒂廉纳闷。

"纳尼亚王国刚建立时他们就来过,那时动物们刚学会说话。"

"狮王在上!就是那两个人啊,迪戈里勋爵和波丽夫人!世界之初!他们还活在你们的世界吗?太奇妙、太荣耀啦!快给我讲讲,快讲讲。"蒂廉说。

"要知道,波丽并不是我们的亲姨妈。"尤斯塔斯接着说,"她是普卢默小姐,但我们叫她波丽姨妈。嗯,这两个人把我们召集到一起,既为开心聊聊纳尼亚(因为和别人我们没法聊这些啊),也为教授预感到纳尼亚需要我们啦。刚好那一刻,你就像个鬼魂还是天晓得的什么东西,冒了出来,一句话不说又忽然消失不见,几乎把我们吓死啦!后来,我们就肯定出了什么事。下个问题就是如何来到这个世界。这世界也不是我们想来就来得了的。我们商量又商量,最后迪戈里教授说唯一的办法就是用魔戒。很久很久以前,他们自己还是小孩子,我们根本没出生的时候,就是魔戒把教授和波丽带到了这里。可是魔戒都被埋在伦敦一所房子的花园地底下了——伦敦是我们的一座大城市,陛下——那所房子也被卖了。所以问题就是如何弄到魔戒。你猜都猜不到我们最后怎么干的！彼得和埃德蒙——彼得就是至尊王，那个跟你说话的人——一大早就去了伦敦，趁人们还没起床，就从后门溜进了花园。他俩打扮成工人模样，谁要真的遇到了，就会以为是来通下水道的。我要是能跟他们去多好——一定好玩极了。他俩一定得手了，因为第二天彼得就给我们拍了一份电报——电报就是一种通讯方式，陛下，以后再给您细讲——电报说他们弄到了魔戒。第三天是我和波尔上学的日子——就是说我俩还在上学，而且同校。所以彼得和埃德蒙得在我们上学的路上与我们碰头，把魔戒交给我们。只能由我们两个来纳尼亚，因为年纪大的也不能再来啦。于是我们上了火车——我们世界的人旅行都坐火车，就是把好多车厢串到一起——教授、波丽姨妈，还有露西和我一起上的车。车上我们也尽量不分开。快到该有人接我们的车站时，我打量窗外，想找到接的人，可突然列车猛地一颠，发出巨响，我们就到了纳尼亚，就看到陛下您被绑在树上。"

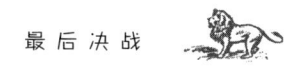

"那你们根本没用魔戒？"国王问。

"没用，"尤斯塔斯回答，"连魔戒都没见到。全靠阿斯兰用他自己的办法帮了我们，没有魔戒。"

"可是至尊王彼得有魔戒啊。"

"是的。"吉尔应道，"不过，我们觉得他不能用。另外两个领袖——埃德蒙国王和露西女王——是最后在这里的人。阿斯兰说过，他们再也不会来纳尼亚了。更早以前，他还对至尊王说过同样的话。不过你大可放心，只要准许他来，他立刻就到。"

"哎呀！"尤斯塔斯惊呼，"太阳好晒！我们快到了吗，陛下？"

"快看！"蒂廉向前指道。只见不太远的地方，树顶上升起灰色的城垛，快走几分钟就来到一片开阔的青草地。一道小溪横穿草地，溪水尽头坐落着一座四四方方的塔楼，寥寥数只窄窗，墙内一道重门正对他们。

蒂廉先机警地四下张望，确保没有来敌。然后走到塔楼门前站定，开始掏钥匙，钥匙拴在他猎装里的一条银链上，银链套在他脖子上。他掏出一串漂亮的钥匙，其中两把是金钥匙，还有几把花纹精致的——你一眼就知道，这些钥匙是专用来打开王宫某道庄严神秘的门的，或那些盛满王室珍宝、味道好闻的木头柜子和箱子的。不过，现在他插入门锁的钥匙大而简陋，做工粗放。门锁僵死了，蒂廉直担心钥匙转不动。好在门终于转动，一阵闷响，大门荡开了。

"欢迎光临，朋友们。"蒂廉道，"恐怕这是纳尼亚国王眼下可待客的最好殿堂啦。"

蒂廉开心地发现，两位陌生孩子教养良好，都说没关系，都说一定很舒服。

其实根本不舒服。室内光线暗淡，潮气扑面。只有一个房间，直达石头屋顶。角落有道木头楼梯，通往一道活动板门，穿过这道门，便可登上城垛。房间内有几张可睡的粗制床铺，许多储物柜和包裹，还有座壁炉，看来很多年很多年无人用过。

"我们赶紧出去捡些木柴吧。"吉尔提议。

"先别急，伙计们。"蒂廉道。他坚持不能没有防身武器，于是动手翻箱倒柜。幸亏他一直小心戒备，命令下属每年检查一次这些塔楼,并储备好一切必需物品。箭弦包着上油的丝绸,刀剑、长矛涂好了防锈油,铠甲也在包裹中发亮。还有更好的东西呢。"看!"蒂廉抽出一件式样奇特的锁子甲,在孩子们眼前晃动。

"这铠甲样子好怪,陛下。"尤斯塔斯说。

"是啊,小伙子。"蒂廉道,"纳尼亚矮人做不了这个。这是卡乐门人的锁子甲,外来装备。我一直备着几套,谁知道我自己或者朋友什么时候闯进蒂斯罗克的地盘,又不想被发现呢?瞧瞧这只石瓶,里面有种汁液,抹到手上和脸上,我们就会跟卡乐门人一样,变成棕色皮肤啦。"

"哦,太好啦!"吉尔欢呼道,"化装!我喜欢乔装打扮。"

蒂廉教他们如何往手心倒上一点汁液,抹遍面孔和脖颈,直到双肩;再抹遍双手,直到胳膊肘。他自己也涂抹一遍。

蒂廉说:"等这汁液干了,我们就是用水洗,也不会掉色。但只要用油和灰就可以把我们变回白皮肤的纳尼亚人。好啦,可爱的吉尔,我们来看看这件锁子甲会把你变成什么样。有点太长,不过不必担心。从前一定属于哪个'泰坎'侍从中的某一个人。"

他们穿上锁子甲,再戴上卡乐门人的头盔。这种圆头盔紧紧扣在头上,盔顶还有根尖尖的铁刺。然后,蒂廉从储物柜里拿出长卷的白布,一层层裹住头盔,直到样子就像缠头巾——但是一根铁刺依然突出在头盔中间。国王和尤斯塔斯各持一把卡乐门式弯刀,但给吉尔一把笔直的长猎刀,紧要关头可当宝剑使。

"姑娘,弓箭技巧如何?"

"不值一提。"吉尔脸一红,"斯克罗布挺不错。"

"别听她的,陛下。"尤斯塔斯分辩,"我俩上次从纳尼亚回去就练箭术,她现在差不多和我一样熟练。我们两个技术都不差呢。"

蒂廉就递给吉尔一张弓和一只满载的箭筒。接下来就该点堆火了,因为塔楼里不像室内,更像山洞,冷得让人发抖。不过拾木柴的劳作让人暖和起来——此刻太阳正当头——一旦火光熊熊,直冲烟囱,塔楼里顿时喜

气洋洋。但是，晚饭难以下咽，因为只能把从柜子里找出来的硬邦邦的饼干捣碎，撒入沸水，加点盐，煮成糊糊。除了水也没别的东西可喝。

"我们要是带上包茶叶该多好！"吉尔遗憾。

"一罐热可可也行啊。"尤斯塔斯随声附和。

"当初真该在这些塔楼里藏上几桶好酒啊！"国王叹道。

第6章 夜袭马到成功

约莫四个钟点后,蒂廉倒在一张床上,打了个盹儿。两个孩子早就呼呼大睡。他让他们先上床,因为这大半夜都将不能睡觉,这个年龄的孩子不睡觉可不行。再说,他也把他们累坏了。先要吉尔练了一会儿射箭,发现虽够不上纳尼亚人的水准,倒也差强人意。她还真射中了一只野兔(当然不是会说话的兔子。在纳尼亚西部,有很多普通的兔子)。这只兔子已经剥了皮,洗干净,晾了起来。他发现两个孩子干这种冷酷、气味难闻的活儿倒十分顺手,当年在瑞廉国王时代,他们在巨人国跋山涉水时都学会了这种生存本事。接着,他又教尤斯塔斯如何使用刀和盾牌。尤斯塔斯往日历险已掌握不少剑术技巧，但那时他使用的是纳尼亚的长直剑，从未使用过卡乐门人的弯刀。这就犯了难，因为许多技法大为不同，他过去使用长剑的习惯现在又得改掉。不过，蒂廉发现这孩子眼睛敏锐、脚步快。他惊叹两个孩子的体力，他们似乎比几小时之前刚见面时已经长大许多，强壮许多。这就是纳尼亚王国的空气对来自我们世界的造访者的影响之一。

三人一致同意该做的头件事就是返回马厩所在的那座山，想法子营救独角兽朱尔。如果成功，再奔向东方，与荣威特从凯尔帕拉维尔带来的一支小军队会师。

蒂廉这样经验丰富的猎手睡觉时总能想醒就醒，所以他允许自己睡到九点钟，抛开一切胡思乱想立刻入眠。似乎片刻之后，他便醒来，但从光线和感觉判断，他知道时间把握得很准。他起了床，戴上自己的头盔式头巾（他穿着锁子甲睡的），然后摇醒两个孩子。实话说，他俩爬起来时垂头丧气，哈欠连天。

国王吩咐："听着，我们要从这儿出发向北——运气不错，今晚星光明亮——这条路比我们白天走的路程短得多,白天我们绕了不少路,现在我们可以直奔目的地。要是遇到挑战,你俩别说话,我尽量装成骂骂咧咧、傲慢残忍的卡乐门王爷。我要是拔剑,尤斯塔斯,你立刻拔出刀来。吉尔跳到我们背后去,立刻拉开弓、箭上弦。我要是大叫'撤退',你俩就立刻跑回塔楼。我说撤退,谁都别再打——一下都别打——这类没用的勇敢破坏过许多战斗。好啦,朋友们,狮王在上,我们现在出发!"

三人扑进寒夜。北方群星璀璨,在树顶照耀。那个世界的北极星被叫作长矛星,比我们世界的北极星亮得多。

三人笔直向长矛星指引的方向疾走,但很快就遇到一片稠密的灌木林,只好偏离方向绕过去。树枝当头——方向难辨。又是吉尔把大家拉回正道——她在英格兰做过出色向导,在北方荒原跋涉多次,自然熟谙纳尼亚的星空,即使长矛星被遮挡,也能依据其他星星,找到方向。

蒂廉一发现三人当中吉尔最善认路,就让她带路。接着他又大吃一惊,因为吉尔简直是无声无息、无影无踪、飘然前行。

"狮王在上！"他对尤斯塔斯耳语，"这丫头天生林仙啊，她若有树精血统的话，会比林仙更厉害。"

"她个头小，很有利。"尤斯塔斯悄悄回答。可吉尔在前头说："嘘——别出声！"

四周山林寂静，实在太寂静了。平常的纳尼亚夜晚应当有声——偶尔刺猬会快活地道晚安，猫头鹰会在头顶号叫，或者远处长笛告诉你，牧神①们在跳舞，或者咚咚咚，嘭嘭嘭，地下的矮人在挖、在刨。但此刻万籁俱寂——忧伤与恐惧笼罩着纳尼亚。

他们急急赶路，过一阵后，山路开始陡峭，树木开始疏朗。蒂廉模糊辨出著名的马厩山顶。吉尔越走越警惕——不断打手势要两个男人照做。忽然，她站定不动，直到蒂廉发现她渐渐沉入青草，无声消失，片刻后又冒了出来，嘴巴对准蒂廉的耳朵极小声地说："卧倒，你更清。"她把"看"说成"你"，不是因为大舌头，而是"see"比"thee"②更容易被偷听到。蒂廉立刻卧倒，几乎

---

① 牧神，古罗马神话中的神祇，人面人身羊腿羊角。
② see：意为"看"；thee：为古英文，等同现代英文的"you"——你。

和吉尔一样无声。只是几乎没声，因为他比吉尔大得多、重得多。三人卧倒，他立刻发现，从这个位置能看到山的轮廓清晰地反衬在星光撒满的夜空下。这背景突出着两个黑东西——一个是马厩，另一个，数英尺之遥，是卡乐门人的岗哨。哨兵值守散漫——既不站立也不走动，长矛抵肩坐在地上，下巴低垂胸上。"干得好。"蒂廉夸吉尔，她要他看的正是他想了解的东西。

三人爬起来，现在蒂廉打头。大家屏声静气，悄悄接近一堆小树丛，距离岗哨不足四十英尺。

"等我回来。"蒂廉叮嘱两个孩子，"我若失手，你们快逃。"他随即大摇大摆朝哨兵走去。哨兵发现蒂廉就想跳起来，因为担心来人是长官，自己本该站岗却坐在地上，会挨训斥。但他还没来得及起身，蒂廉已单膝跪到他身旁，说道：

"蒂斯罗克万岁，你是他的战士吧？纳尼亚国野兽、魔鬼这么多，见到你真开心。握握手，兄弟。"

卡乐门士兵还没反应过来，右手就被狠狠抓住，下一秒就被压住膝盖，一把匕首抵住了脖子。

"敢出声，你就死。"蒂廉对他耳语，"快说，独角兽在哪儿，留你活命。"

"马——马厩背后，哦，长官！"倒霉的哨兵结结巴巴地说。

"好！起来给我带路。"

哨兵起身时，一直被刀尖抵住脖颈。那刀尖一味围着脖颈转圈（冰冰凉，还作痒），随着蒂廉绕到背后，刀尖找定了方便之处，直抵耳朵下方。

尽管夜色深沉，蒂廉还是一眼发现朱尔的白色身影。

"别出声！"蒂廉吩咐，"别叫。对，朱尔，我来啦。他们怎么绑你的？"

"四条腿都绑了，用缰绳拴在马厩墙头一只铁环上。"朱尔回答。

"哨兵，站在这儿别动，背靠墙。就这样！听我的，朱尔——用你的尖角顶住这卡乐门人的胸膛。"

"遵命，陛下。"朱尔答道。

"他要敢动，就刺穿他的心脏。"蒂廉快快割断绑绳，用剩下的绳子捆住哨兵手脚。最后命他张开嘴，塞满青草,把他从头顶到下巴捆住,让他无法喊叫,然后推他靠墙坐下。

"当兵的,我对你有失恭敬。"蒂廉道,"可我只能这么办。若有机会再遇到你,也许会对你好点儿。好啦,朱尔,我们悄悄撤吧。"

国王左手搂住独角兽脖颈,弯腰亲亲他的鼻头,俩伙伴好开心! 他们随即悄悄回到两个孩子的藏身地。树底下更黑。独角兽看不清,险些一头撞到尤斯塔斯。

"一切顺利。"蒂廉悄声道,"夜袭成功,打道回府。"

众人转身刚走几步,尤斯塔斯就惊道:"波尔,你在哪儿?"没人回答。他又问:"陛下,吉尔在你身旁吗?"

"啊?"蒂廉吃惊,"她难道不在你身旁?"

惊魂时分。他们不敢大喊,只能压低嗓门呼唤,无人回应。

"我不在时她离开你了?"蒂廉问。

"我没看见也没听见她走。"尤斯塔斯回答,"不过,她也可能走了不让我知道。她能像猫一样没声音,你亲眼见过的。"

这时,远远传来一记鼓声。朱尔耳朵前倾道:"是矮人。"

"那些诡计多端的矮人,多半是敌人。"蒂廉发牢骚。

"又传来蹄声,近得多。"朱尔说。

二人与独角兽一时惊呆,这么多烦心事可如何是好? 蹄声越来越近。忽然,一声耳语就在近旁:

"喂,你们都在吗?"

谢天谢地,原来是吉尔。

"你到底跑哪儿去啦?"尤斯塔斯压低声音发怒,因为他一直替她提心吊胆。

"在马厩里呀。"吉尔深吸一口气,是那种使劲压制大笑的吸气。

"哦!"尤斯塔斯低吼,"你觉得好玩是不是? 可我想说——"

"你们救到朱尔了吗,陛下?"吉尔问。

"救了。朱尔就在这儿。跟着你的动物是什么?"

"就是那个'他'呀!"吉尔说,"趁还没人醒过来,我们赶紧走吧!"接着又是一阵吃吃笑。

众人立刻动身,在这个危险地带已逗留太久,而且矮人的鼓声更近了。直到向南疾走好几分钟后,尤斯塔斯才开口问:

"抓到那个'他'?你什么意思?"

"假阿斯兰呀。"吉尔回答。

"什么!"蒂廉大吃一惊,"你去哪儿了?干什么啦?"

吉尔忙道:"回陛下,我一看您已经把哨兵带走,就想到应当进马厩瞧瞧,看里头到底是个什么东西。就一路爬了过去,拉开了马厩的门,易如反掌嘛。马厩里当然黑黢黢、臭烘烘的,跟别的马厩一个样,我就点了个亮,哎呀——你信不信?——根本没什么狮王,就是一头老驴背上披了一堆狮子皮!所以我拔出刀来,命令

他跟我走。其实根本用不着举刀吓唬老驴，他早就腻烦了马厩，时刻想走呢——亲爱的迷糊，是不是呀？"

"我的老天！"尤斯塔斯惊呼，"哎呀呀——还有这种事！刚才我还在生你的气，觉得你好可恶，偷偷溜走不合群呢，现在得承认——嗯，我是说——你立了一大功。陛下，吉尔要是个男孩子，就得授她骑士头衔啦，是不是？"

"她要是男孩子，"蒂廉道，"就得因为不服从命令吃鞭子啦。"夜色浓浓，没人知道国王说这话时是皱眉头还是暗笑。接着听到嘎的一响，是金属声。

"陛下，您要干什么？"朱尔厉声问。

"拔剑砍掉那该死的驴头。"国王恨道，"丫头，你站开！"

"哦，请不要！请不要！"吉尔求情，"真的不要。不是驴的错，都是无尾猿使的坏。驴子糊涂，他也愧疚。这是头好驴子，名字叫迷糊。我正搂着他脖子呢。"

国王说："吉尔，你是我最勇敢、最懂森林的子民，但也是最鲁莽、最不听话的人。好吧，就让驴子活着。

驴子，你打算如何为自己辩解啊？"

"我？陛下？"驴子回道，"要是做错事的话，我很抱歉。无尾猿说是阿斯兰要我假扮狮王的。我以为无尾猿万事通。我没他聪明，他要我做什么我就做什么。关在那马厩里很没有意思，外头发生什么我都不知道。他从不放我出去，只在夜里出来一两分钟。有时候他们连水都忘了给我喝。"

"陛下，"朱尔提醒，"那些矮人越来越近啦。我们要见他们吗？"

蒂廉思忖片刻，忽然爆笑，说话也不再压低嗓门："狮王在上，我都变成傻瓜啦！见他们？当然要见他们。我们现在谁都见。我们有这头驴子给他们看。叫他们看看自己惧怕的是什么东西，在对什么东西低三下四。我们要向他们揭穿无尾猿的鬼把戏，揭露他的诡计。时来运转啦。明天我们就吊死那只无尾猿，吊到纳尼亚最高的树上。再不用低声说话，悄悄走路，乔装假冒啦。那些诚实的矮人在哪儿？我们有好消息告诉他们。"

长时间压低嗓门说话，只要一个人忽然高声大气，

就会迅速产生影响，大家都开始大说大笑起来——连迷糊也昂起脑袋，发出嗷——嗷——嗷的长嘶，无尾猿多少日子不准他这样痛快了！随即大家就向着鼓声出发了。鼓声越来越响，很快又看到火把的光亮。亮光来自那些横穿灯柱荒林的崎岖小路（在我们英格兰，这种路根本不能称之为路）。但见小路上约三十个矮人正坚定不移、大步走来，肩上都扛着铁锹或尖嘴锄。两个卡乐门人在前头率领，另两个卡乐门人殿后。

"站住！"蒂廉一声大吼，拦住去路，"站住，士兵们！你们带这些纳尼亚矮人去哪里？奉谁的命令？"

第 7 章 矮人的遭遇

打头的两名卡乐门士兵,以为是一位泰坎老爷带着两名侍从,立刻停下,举起长矛致敬。

"哦,大人!"其中一个回复道,"我们带这些矮人去卡乐门,到蒂斯罗克的矿井干活。蒂斯罗克万岁!"

"塔什神在上,他们可真够顺从。"蒂廉道。接着,他忽然转身面对矮人们。他们当中大概六分之一的人手举火把。在闪烁的亮光照耀下,他看到一张张大胡子面孔沮丧且倔强。"矮人们,蒂斯罗克打了大仗、收复你们地盘了吗?"他问,"你们就这么乐意到普格拉汉的盐矿下卖命?"

两个士兵惊得怒视着国王,而矮人们回答:"阿斯兰

的命令,阿斯兰的命令!他把我们卖了。叫我们怎么反抗他?"

"还提蒂斯罗克!"另一个矮人吐着口水说,"看他敢试试!"

"闭嘴,狗东西!"士兵首领骂道。

"看看吧!"蒂廉拽迷糊来到亮处,"一切都是谎言。阿斯兰根本没来纳尼亚。你们都被无尾猿骗了。这就是无尾猿从马厩带给你们看的东西。好好看清楚。"

现在矮人们可以近观了,当然大吃一惊,以前居然上当受骗!驴子长时间关在马厩,狮皮衣裳肮脏不堪,

加上在漆黑的林子里赶路,撞得形状扭曲,大部分堆在一个肩头。狮头被甩到一边,远远落后,谁都能一眼看见那张愚蠢温和的驴脸从皮衣领探出来,驴唇一角还挂着几根青草,因为出了马厩,这一路上驴子就在悄悄地啃草填肚皮。他嘟嘟哝哝道:"又不是我的错。我不聪明,也从没说过自己聪明。"

一时间,全体矮人目瞪口呆,大张嘴巴盯着驴子看。这时,一个士兵忽然厉声喝道:"大人!您疯了?跟奴隶说些什么?"另一个士兵喝问:"你是谁?"两支长矛此刻也不再致敬——摆好姿势要进攻。

"快报口令!"士兵喝道。

"口令来了!"国王拔出弯刀,"曙光现,谎言灭!恶棍看刀!纳尼亚国王在此!"

他闪电般扑向士兵头领,尤斯塔斯一见国王拔刀也迅即拔出刀来,冲向另一个士兵。他脸色煞白,但我不会为此责备他。他有新手常有的运气,把那天下午蒂廉试图教他的技法忘得一干二净,挥刀疯砍(我真不能确定他是否闭着眼睛),自己也惊讶地发现那个卡乐门士

兵竟死在他脚旁边。虽说这令人大松一口气，但当时可真够吓人的。国王的战斗比尤斯塔斯长了两秒钟，他也杀死了对手，并对尤斯塔斯大喊："当心另外两个！"

不过，矮人们已经杀死了殿后的两个卡乐门士兵，敌人都被消灭了。

"干得漂亮，尤斯塔斯！"蒂廉拍拍他的背，"好啦，矮人们，你们自由啦。明天就带你们去自由的纳尼亚。三呼阿斯兰万岁吧！"

可是接下来发生的事挺令人不解。几个矮人（五个左右）有气无力地欢呼一声又沉默了，另外几个板脸低吼，更多人缄默不语。

"他们难道不明白吗？"吉尔急了。

"矮人们，你们都是怎么回事？难道没听见国王的话吗？全都结束了。无尾猿不再统治纳尼亚，大家都恢复正常生活，又能开心玩耍了，难道不高兴吗？"

一分钟冷场后，一个头发和胡子黑似煤灰、相貌不善的矮人道：

"小姐，你是谁？"

"我叫吉尔。就是把瑞廉国王从魔法中解救出来的那个吉尔——这位叫尤斯塔斯,他和我一起解救了瑞廉国王——几百年过去了,我们又从另一个世界回来,是阿斯兰派我们来的。"

矮人们面面相觑,咧嘴一笑,但那是讥讽,不是喜悦。

"嗯,"黑胡子矮人再开口(他叫格雷弗尔),"不知道你们怎么看,可我觉得阿斯兰的事我这辈子再也不想听啦。"

"就是,就是!"其他矮人咆哮道,"都是骗局,可耻的骗局!"

"你们这是什么意思?"蒂廉问。刚才杀敌时国王面不改色,此刻却脸色煞白。他原以为人人会欢欣鼓舞,没想到却更像场噩梦。

"你一定以为我们脑子糊涂了,肯定以为。"格雷弗尔挖苦道,"我们被骗过一次,你们就以为我们还会上当。听着!我们不会再相信关于阿斯兰的鬼话!瞧瞧那头长耳朵的老驴!"

"天啊,你们气死我了!"蒂廉喝道,"我们谁说过

那驴是阿斯兰了？那是无尾猿假造的阿斯兰。难道还不明白吗？"

"依我看，你们的假造得更好！"格雷弗尔回嘴，"不，多谢！我们上过当了，不想再上当。"

"我可没做假！"蒂廉怒道，"我信奉真正的阿斯兰。"

"那他在哪儿？他是谁？给我们看看！"几名矮人叫道。

"傻瓜们，你们以为我能把他装在口袋里吗？"蒂廉笑道，"我算老几，能让阿斯兰听我吩咐？阿斯兰可不是一头驯服的狮子。"

这番话刚出口，他就明白说错了话。众矮人顿时齐声挖苦、重复喊道："不是头驯服的狮子！不是头驯服的狮子！"一个矮人叫道："那伙人哄我们的正是这句话！"

"你们的意思是不相信真有阿斯兰？"吉尔质问，"可我亲眼见过他，而且，就是他从另一个世界派我们两个人来的。"

格雷弗尔大笑道："哎呀，话由你说。人家教你的这套背得不错啊。背功课，是不是？"

"大胆！"国王斥道，"竟敢当着小姐的面胡说八道！"

"先生，你说话文明点儿。"矮人回答，"我们再也不需要什么国王了——你要真是蒂廉，你样子可不像——我们也不需要，就跟不需要阿斯兰一样。从现在起，我们要自己照顾自己，再不用对谁客客气气了。懂吗？"

"说得对，"其他矮人异口同声，"今后我们靠自己。不要阿斯兰，不要国王，不要另一个世界的鬼话。矮人靠矮人！"言毕，众人开始排队，打算从哪儿来的回哪儿去。

"小畜生！"尤斯塔斯骂道，"把你们救了，不用下盐矿了，连声谢谢都不说吗？"

"哦，那事我们全明白。"格雷弗尔回头喊，"你们想利用我们，所以救我们。你们自有目的。走吧，伙计们。"

矮人们敲起鼓来，高唱那首古怪的进行曲，齐步走入黑夜。

蒂廉和朋友们呆呆目送他们远去，最后说一句："走吧。"大家继续赶路了。

众人谁都不说话。迷糊仍觉丢脸,也没真弄明白发生的事。吉尔一面厌恶矮人,一面对尤斯塔斯的胜利深为钦佩,自己则感到羞愧。至于尤斯塔斯,心儿依然怦怦乱跳。蒂廉和朱尔并排走在最后,国王搂着独角兽的肩膀,独角兽温柔的鼻头不时蹭蹭国王的脸颊。大家都未开口互相宽慰,想出一句真能宽慰的话谈何容易。蒂廉万万没想到,无尾猿造出一个假阿斯兰,结果竟使人们连真阿斯兰都不信了。他曾自信只要对矮人们揭穿骗局,他们就会团结到他身边。接下来的夜晚就可以带领他们去马厩山,把迷糊给所有动物看,众兽就会起来反抗无尾猿,也许与卡乐门人混战一番,一切乱子就都完结。可现在似乎一切都已落空。不知还有多少纳尼亚人和矮人态度一样呢?

"我觉得背后有人在追我们!"迷糊忽然说道。

大家驻足倾听。没错,背后传来小脚丫咚咚的脚步声。

"谁在那儿?"国王大叫。

"是我,陛下。"传来一个声音,"是我,矮人波金。

我刚设法逃离其他人。我站在您一边，陛下，站在阿斯兰一边。您若能赐我一把矮人剑，一切乱子结束前，我要为正义而战。"

众人围上前欢迎他，夸奖他，还拍拍他的背。一名矮人当然力量不大，但总归多一个是一个，大家都高兴起来。但吉尔和尤斯塔斯不一会儿就呵欠连天，不想别的，只想上床睡觉。

拂晓前最冷时分，大家回到塔楼。若有一顿饭早就准备好了等他们，当然会开心享用，但此刻谁也不想再张罗做饭、吃饭的麻烦。他们只到小溪边喝喝水、洗洗脸，就爬上了床。除开迷糊和独角兽，他俩说户外更舒服。倒也是，一只独角兽加一头成年肥驴挤进来，屋子让人感觉太小了。

纳尼亚矮人，虽身高不足四英尺，却有着最结实、最强壮的体魄，所以波金尽管白天劳累，睡觉又很晚，但醒来却体力完全恢复，精神比谁都足。他立刻操起吉尔的弓箭出门，射杀了几只野鸽子，一边坐到门前台阶上拔毛，一边与朱尔和迷糊聊天。迷糊今早模样好多了，

感觉也好多了。朱尔身为独角兽，本是最高贵也最娇嫩的动物，但他对驴子和蔼可亲，跟驴子聊着好吃的青草和糖，以及如何照料蹄子的琐碎事情。将近十点钟，吉尔和尤斯塔斯才边打哈欠边揉眼睛地走出塔楼。矮人教他们到哪里去找一种叫酢浆草的纳尼亚野菜，这东西就像我们的尖叶秋海棠，但做菜味道好得多（若加点儿黄油和胡椒就完美，可惜他们没有）。就这样，加点儿这个、加点儿那个，他们就煮成了一锅美味汤，当早餐或正餐，随你怎么叫都行。蒂廉握着把斧头钻进树林深处，砍回些树枝当柴。煮汤时——时间好像特别长，尤其汤越快好时味道越香——蒂廉给波金找好了全套适合矮人的装备——头盔、锁子甲、长剑、腰带、短刀。他又查看尤斯塔斯的弯刀，发现尤斯塔斯砍倒卡乐门士兵后刀刃脏兮兮就插入刀鞘，便把他训斥一番，命他擦干擦亮。

这段时间吉尔来回走动，时而搅搅锅里的汤，时而瞧瞧外面正啃青草的驴子和独角兽，好眼红。这天上午，她几度巴望自己若能吃草该有多好！

汤终于好了，人人都说等得值，纷纷盛上第二份。

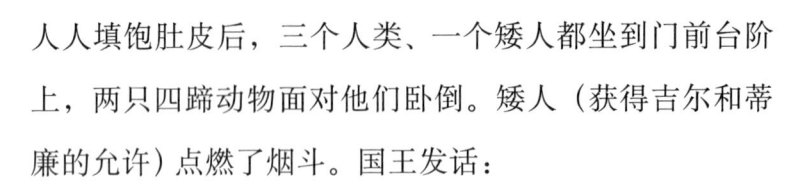

人人填饱肚皮后，三个人类、一个矮人都坐到门前台阶上，两只四蹄动物面对他们卧倒。矮人（获得吉尔和蒂廉的允许）点燃了烟斗。国王发话：

"好啦，波金朋友，你肯定比我们对敌人了解得多。给我们讲讲吧。先说说他们如何解释我的逃跑的？"

"陛下，再没比那更高明的弥天大谎啦。"波金回答，"就是那只姜黄猫说的，也可能全是他编的。这只姜黄猫，陛下，哦，真是个猫中大滑头——说他路过了坏蛋捆绑陛下您的那棵树，（恕我冒昧）您大喊大叫，破口大骂阿斯兰，'骂得难听，我都不屑重复。'是他原话，口气一本正经——您知道猫想装多正经就有多正经。猫说，这时阿斯兰忽然从一道闪电中现身，一口就把陛下您给吞掉了。所有动物听到这儿都吓得发抖，有的还当场吓晕倒。无尾猿当然接着吓唬说——瞧瞧阿斯兰如何对付不尊敬他的家伙！就算这是对你们所有人的警告吧。可怜的动物们呜咽、哭号、哀求，都说一定尊敬、一定尊敬！所以，结果陛下您的逃脱，不但没让他们思考您还有忠实的朋友相助，只让他们更害怕、对无尾猿更服从啦。"

"多可耻的手段！"蒂廉恨道，"这只姜黄猫就是无尾猿的帮凶。"

"陛下，如今无尾猿倒更像是姜黄猫的帮凶啦。"矮人道，"无尾猿贪上酒啦，您瞧。我相信如今主要是姜黄猫或者雷什达——那个卡乐门队长——执行诡计啦。我看主要怪姜黄猫在矮人里散播谣言，所以他们才可耻地反驳您。我来告诉您原因。头天晚上那个半夜可怕的接见会刚散，我没走出几步就发现自己的烟斗丢在开会的地方了。那是一只上好的烟斗，我的最爱，所以就反身去找。但回到我坐的老地方（那儿黑咕隆咚），就听到一只猫喵呜叫，一个卡乐门人在说：'留神……小点儿声！'我就站定不敢动。这两个就是姜黄猫和泰坎雷什达，人家都这么叫他。'高贵的泰坎，'姜黄猫油腔滑调，'我刚才就想知道今天咱俩说的关于阿斯兰的那句话——阿斯兰就是塔什——到底什么意思。'卡乐门人回答：'最聪明的猫咪，毫无疑问你已经懂得了我的意思。'姜黄猫说：'你是说两者都根本不存在？''这一点凡有见识者都会明白。'雷什达道。'那咱俩就心有默契了。'姜黄猫道。'你是否跟我一样有点烦无尾猿啊？''又蠢又贪的畜生！'另一个呼应。'不过眼下还得利用他。你和我得悄悄提供一切，让无尾猿照我们的意思办。''那就会更好，是不是？'姜黄猫道，'争取更多有见识的纳尼亚人跟着我们——一个接一个，只要发现合适。因为要是无尾猿暴露自己的愚蠢，笃信阿斯兰的动物们随时都可能背叛。不过，那些既不信塔什也不信阿斯兰，只在乎自己利益的人，等到纳尼亚变成卡乐门的一个省，蒂斯罗克自会给他们苦头吃。''真聪明！'队长雷什达夸奖姜黄猫道，'不过要小心挑选。'"

矮人讲述时天色骤变。方才落座时还阳光灿烂，但此刻迷糊却冷得直发抖，朱尔脑袋也不安地摆动。吉尔张望着天空。

"乌云压顶了。"她说。

"而且好冷啊。"迷糊说。

"是够冷的！"蒂廉道，一面朝双手哈气，"呸！什么东西好臭？"

"呸！"尤斯塔斯也啐了一口，"像是什么死东西。

附近有死鸟吧？我们原先没发现？"

朱尔大费周章站起身，用尖角指着方向。

朱尔叫道："快看！快看那东西！快看！"

这时，他们六个都看到了，六张脸霎时惊愕万分。

第8章　老鹰送信来

空地远处的树影下面有个东西在动,非常缓慢地向北滑行。头一眼你会误以为是缕烟,因为是灰色的,而且目光可以穿透过去。但这股发出死亡气味的不是烟,而且这东西保持着形状,不像烟那样翻滚扭动。草草看上去像人形,但却有只鸟头和猛禽残忍下弯的尖喙,四条胳膊高举头顶,向北方伸直,仿佛要一把攫住整个纳尼亚。它的手指——一共二十根——弯弯的如同它的尖喙,没长指甲,却长着又长又尖的鸟爪。这东西在草上飘浮而不是步行,所经之处青草立刻枯萎。

迷糊才看一眼就哀鸣着冲回塔楼。吉尔(她可不是胆小鬼)连忙捂住眼睛不敢看。其他人大概注视了一分

钟，直到那东西消失在他们右侧的灌木林中。这时阳光重现，小鸟又开始鸣叫。

人人都重新顺畅呼吸，那东西在视线内时，他们却个个呆若木鸡。

"那是什么啊？"尤斯塔斯悄声问。

"我以前见过一回。"蒂廉说，"不过是石雕的，上面盖着金箔，用钻石镶的眼珠。当时我还不比你们现在的年龄大，是去塔什班城的蒂斯罗克宫廷做客。蒂斯罗克带我进塔什的大神殿，我看到那儿的祭坛上刻着这个怪物。"

"那——那怪物——就是塔什神？"尤斯塔斯问。

蒂廉没回答，而是伸手搂住吉尔的肩膀问："小女士，感觉好点儿了吗？"

"啊——我挺好。"吉尔放下捂住苍白面颊的双手，想扮笑脸，"我没事儿，就是刚才有点恶心。"

独角兽说："那看来竟真有个塔什神。"

"是啊。"矮人说，"那个傻瓜无尾猿，不相信塔什，一定会自找倒霉！他召唤塔什，塔什就来了。"

"那怪物——它——去哪儿了？"吉尔问。

"往北深入纳尼亚中心地区了。"蒂廉回答,"怪物已经来到我们中间。他们召唤塔什,塔什就来了。"

"嘀,嘀,嘀,"矮人搓着两只毛茸茸的手咕咕哝哝,"无尾猿会大吃一惊。人们可不能随便召唤魔鬼,除非他们口中说的就是心里想的。"

"天晓得无尾猿看得见看不见塔什?"朱尔说。

"迷糊去哪儿了?"尤斯塔斯纳闷。

大家齐声召唤迷糊,吉尔绕到塔楼另一边,查看驴子是否在那儿。大伙儿都找烦了。忽然,驴子的大脑袋从门口小心翼翼探出来,问:"怪物走了吗?"最后大家总算把他哄了出来,驴子浑身筛糠,活像一条狗遇到一场大雷雨。

"我现在明白了,"迷糊自责,"我真是头坏驴,真不该听信无尾猿的鬼话。万万没想到会发生这些糟糕事。"

"你要是少花点儿时间埋怨自己不聪明,多花点时间努力变聪明的话——"尤斯塔斯开始点拨他,但被吉尔打断了。

吉尔说:"得啦,别教训迷糊啦。人家就是犯了个错,是不是呀，亲爱的迷糊？"还亲亲驴子的鼻头。

虽说刚才全体都被怪物震撼，但现在又坐下来继续聊天。

朱尔可说的故事很少，被捕期间基本都困在马厩背后，当然听不到敌人的鬼主意。他遭人踢打（也成功反踢了几回）、受到被处死的威胁——除非他承认每天夜里篝火旁边给人们看的就是阿斯兰。要是那天夜里国王没来搭救，早晨他就会被处死，还不知那只胆大的小羊羔遭了什么毒手。

必须决定的问题是，要不要当晚回到马厩山，把迷糊给纳尼亚人看、向人们揭穿无尾猿的骗局？还是悄悄向东赶路，会师从凯尔帕拉维尔搬援兵的马人荣威特，一道杀无尾猿和卡乐门人一个回马枪？蒂廉更赞成前者——一分钟也不能让百姓继续被无尾猿欺骗。再者，昨晚矮人们的态度也不得不当心。明摆着，即使揭穿驴子真相，也拿不准人们如何反应。还有卡乐门士兵需要对付，波金估计有三十名之多。蒂廉认为，只要纳尼亚人都团结到他身边，他和朱尔加上两个孩子（迷糊指望不上），就很有把握打败他们。但如果半数纳尼亚人——包括矮人们——袖手旁观呢？甚至打他们呢？太冒险，而且那个阴影像怪物的塔什也得考虑。如何是好？

这时波金提出，这两天就让无尾猿对付他的困局吧，现在他没有迷糊可给大家看了，无尾猿——或姜黄猫——继续编造瞎话哄骗众人没那么容易了。要是动物们一夜又一夜要见阿斯兰，阿斯兰却出不来，肯定再简单的头脑也会起疑心的。

最后，全体一致同意与马人荣威特会师为上策。

主意一定，众人立刻欢欣鼓舞。我敢说，做这决策倒不是因为他们有谁畏惧打仗（也许除了吉尔和尤斯塔斯）。但他们个个心里都松了口气，离那个怪物远了一点——至少眼下没有走近——没准儿那怪物——看得见看不见——正盘旋在马厩山呢。

蒂廉提议大家最好去掉伪装，不能再被人错当卡乐门人，说不定遇到忠诚的纳尼亚士兵还会跟他们打起来。于是，矮人从壁炉里弄到一团脏兮兮的炉灰，又从油瓶里弄些擦刀、剑、长矛的油脂。众人脱下卡乐门锁子甲

来到溪边。肮脏的油灰混合物如同软肥皂，遇水就起泡沫。蒂廉和两个孩子跪在水边，将脸蛋和脖颈又擦又洗，又泼水又喷气，冲掉泡沫，活像开心的一家人。他们随后回到塔楼，个个脸蛋红得发亮，就像特别用心洗干净要参加聚会的客人。他们用纳尼亚人的装备，笔直的刀、剑和三角盾牌重新披挂自己。"身体舒服多了，这才像个人。"蒂廉感叹。

迷糊苦苦哀求脱掉狮子皮，说太热，磨得背难受——而且让他模样实在太傻。但大家说还不能脱，这副打扮还得留给动物们看呢，即使他们先得去与马人会合。

剩下的野鸽肉、野兔肉不值一带，他们只带上些饼干。蒂廉锁好大门，在塔楼休整的日子到此结束。

出发时已过下午两点，是那个春天最暖和的日子。新叶比昨天又长出好几分来——雪花莲已然凋谢，但他们惊喜地看到报春花开了。阳光斜照树林，耳畔鸟儿啁啾，溪水潺潺（虽通常并不见小溪踪影）。此情此景，真难想象塔什之类可怕的东西。孩子们说："这才是真实的纳尼亚！"就连蒂廉也轻松起来，率队走在前面，哼

着一支古老的纳尼亚进行曲,曲末叠句是:

嗬! 咚咚、咚咚、咚咚,
战鼓重重敲、重重敲!

蒂廉背后走着尤斯塔斯和矮人波金。波金在告诉尤斯塔斯尚不了解的所有纳尼亚树木、小鸟和植物的名称。有时,尤斯塔斯则告诉矮人这些东西在英格兰的名称。

他们背后是迷糊,迷糊后面是吉尔和朱尔紧挨着走。你也许会说,吉尔爱上了独角兽。吉尔认为——她也没错——独角兽是自己见过的最靓丽、最精致、最优雅的动物。说话都那么柔声细语,不了解的人根本无法相信打仗时他有多可怕、多凶猛!

"哦,真好呀!"吉尔开心道,"就这样向前走。再多些这种冒险才好呢。可惜纳尼亚总是乱子不断。"

但是独角兽说她错了。亚当和夏娃的子孙们背井离乡,被召唤到纳尼亚来,只是在纳尼亚动荡不安的时候,但她不要以为纳尼亚总是这样。他们数次造访之间的几

最后决战

百年、数千年里也有过一代又一代君主的统治祥和平安,时间太长,连这些国王的名字和数量都记不清了,历史书中也确实没有记载。他接着提到许多吉尔从未听说过的女王和英雄的大名。他说到白天鹅女王,她活在白女巫和大寒季之前。女王花容月貌,只要她朝森林中任何池塘看上一眼,过后的一年零一天,那倩影都会星星一般,在水里熠熠发光。他说到月森林之兔,这兔子耳朵超级灵敏,坐在水声如雷的大瀑布下的大锅池边,都能听到人们在凯尔帕拉维尔窃窃私语。他说到国王盖尔,他是自首位君王弗兰克以下的第九代君王,曾经航海到遥远东方,从恶龙口中救下孤独群岛岛民。作为回报,人们将孤独群岛赠送给纳尼亚,成为王国领土。他说到多少世纪以来,纳尼亚王国祥和快乐,人们只记得歌舞升平、欢乐盛宴或者比武大赛。每一天、每一周都比过去的一天、一周更快乐。吉尔听他侃侃而谈,感到那些岁月的美妙图景栩栩如生,重重叠叠堆积在眼前。她仿佛站到了高山之巅,俯瞰一片美丽富饶的大平原,片片树林、条条水道、庄稼茂盛,这平原向前伸展,再伸展,直到消失在迷雾的远方。吉尔道：

"哦，真希望能尽快抓住无尾猿，重回那些好日子。希望这日子永远永远好下去。我们自己的世界也许有一天会完结，但这个世界不会。哦，朱尔，——纳尼亚要是能一直存在下去该多好呀——就像你描述的往日好时光！"

"不，小妹妹，"朱尔道，"所有世界都会完结，除了阿斯兰的国家。"

"嗯，至少，"吉尔道，"希望离完结的日子还有几百万、几百万年之遥——哈喽！我们停下来干吗？"

只见国王、尤斯塔斯、矮人全都仰望天空。吉尔一激灵，想起早上见过的可怕怪物。但这回不是——这东西小，被蓝天衬得发黑。

独角兽判断："看这高度，应该是只会说话的鸟。"

"我看也是。"蒂廉同意，"但不知是朋友还是无尾猿的密探。"

矮人说："陛下，依我看，那是老鹰千里眼。"

"我们是不是赶紧藏到树底下！"尤斯塔斯提议。

"不必，"蒂廉反对，"我们最好像石头一样站着别

动。我们一动它就会发现。"

"看！它在盘旋，已经发现我们了。"朱尔道，"它大圈盘旋向下俯冲了。"

蒂廉命令吉尔："小姐，你赶紧箭上弦！但没我的命令不许射，也许是个朋友呢。"

要是知道接下来的事，你就会欣然欣赏这只大鸟向下滑翔时的优美轻盈。它落到距离蒂廉几码远的一块岩石上，低下长着冠毛的头鞠了一躬，用古怪的鸟音致敬道："国王万岁！"

蒂廉回答："千里眼，你好！既然叫我国王，我猜你不是无尾猿和假阿斯兰的人。你能来我很高兴。"

老鹰回答："陛下，等您听到我带来的消息时会很难过，比过去您听到的任何大灾难都更难过。"

听到这里，蒂廉仿佛心脏都停止了跳动，但他咬咬牙吩咐道："说吧。"

"我已亲眼看见两个场面。"千里眼报告，"一个在凯尔帕拉维尔，那里纳尼亚人的尸体堆成山，却挤满忙碌的卡乐门人——蒂斯罗克的旗帜插上了您王城的城雉

堞，您的子民正纷纷逃出城外——四下逃奔，去树林里逃命。凯尔帕拉维尔城堡被从海上来的敌人占领。前天夜里，二十条大船满载卡乐门人趁黑登陆。"

众人目瞪口呆。

"另一个场面，距离凯尔帕拉维尔城堡五里格①的地方，马人倒地而死，被卡乐门人的箭射中。他临死前和我在一起，他让我给陛下您捎个信——记住：一切世界都会完结，代价再高也要死得高尚。"

"啊！"久久无言后，国王悲叹道，"纳尼亚完了！"

---

① 里格，长度单位，约为三英里。

第9章　山顶开全会

很长时间里，谁都说不出话来，甚至流不出一滴眼泪。忽然，独角兽铁蹄踏地，鬃毛直摇，开口道：

"陛下，现在无须商议了。我们发现无尾猿的阴谋诡计隐藏得比我们想象的更深。毫无疑问，他早就跟蒂斯罗克秘密勾结，一发现狮子皮，就传话要蒂斯罗克赶紧部署海军，准备占领凯尔帕拉维尔城堡以及整个纳尼亚。我们七个只能回到马厩山，宣布真相，接受阿斯兰带给我们的冒险。若天助我们打败跟无尾猿一起的三十名卡乐门人，我们可以再掉头对付来自凯尔帕拉维尔的更多敌人，决一死战。"

蒂廉点头同意。转向两个孩子说："听着，朋友们，你们应该回到自己的世界去了。可以肯定，你们的使命已经完成。"

"可是——我们什么功劳也没有。"吉尔在浑身颤抖，不是由于恐惧，而是因为发生的一切灾难。

"不，"国王道，"吉尔，是你从树上解开绑着我的绳索，昨晚是你像蛇一样在林里滑行，解救了迷糊。尤斯塔斯，是你杀死了卡乐门哨兵。但是你俩还太小。今晚，或许三天后，无法面对我们其他人将要面对的血战。恳求你们——不，命令你们——回到你们自己的世界去。要是我让这么年轻的战士在我身旁倒下，就太丢人啦！"

"不，不，不！"吉尔回答（说话时脸蛋红一阵，白一阵），"我们不会倒下。不管你怎么说，不管发生什么，我们都要和你在一起，对不对，尤斯塔斯？"

"没错，但不要这么激动。"尤斯塔斯两手插进口袋（忘了身穿锁子甲样子有多古怪），"因为您瞧，我们别无选择。讨论我们回去有什么用！怎么回？就算想回，我们也没魔戒呀！"

此话有理，但此刻，吉尔却讨厌他说出来。对别人

激动的事，他总是那么无动于衷。

蒂廉明白了，两个陌生孩子无法回家（除非阿斯兰忽然把他们卷走），他又想到他们可以向南翻过大山，进入阿钦兰王国，也许能确保平安。可他俩不认识路，也没人能给他们带路。再者，波金说，一旦卡乐门人占领了纳尼亚，下个星期当然就会占领阿钦兰。蒂斯罗克早就垂涎那片土地了。最后，蒂廉经不住尤斯塔斯和吉尔的苦苦哀求，答应让他们一起冒险——或他觉得更合理的——"阿斯兰派他们参加的冒险。"

起先国王不打算返回马厩山——马厩山人人听着都讨厌——等天黑再说。但矮人提醒，要是他们大白天抵达，多半会发现那地方空无一人，除了一个卡乐门哨兵。无尾猿（和姜黄猫）用新阿斯兰——或塔什兰——的雷霆之怒吓唬百姓，人们根本不敢接近那片空地，除非被叫去参加恐怖的午夜大会，而卡乐门人不熟悉森林。波金认为，就算大白天，他们也可轻而易举地绕到马厩背后不被发现。但夜晚行动就太难了，无尾猿可能会召集百姓开会，所有卡乐门士兵也会当班。一旦大会开始，他们可以先把迷糊藏到马厩背后，到时候再展示出来。这主意显然不错——因为他们的唯一机会就是给纳尼亚人一个出其不意。

众人一致同意，于是沿着一条新路出发——西北方向——去往可恨的马厩山。老鹰时而在他们前后翻飞，时而栖息在驴背上。没有人——连国王在内，除了应急——骑一下独角兽代步。

这回，吉尔和尤斯塔斯一起走。先头获准参加冒险时二人还英姿焕发，此刻却垂头丧气。

"吉尔，"尤斯塔斯悄声叫道，"告诉你吧，我好紧张。"

"哦，你没事，斯克罗布，"吉尔回答，"你能打，可我——说真的——浑身发抖呢。"

尤斯塔斯说："发抖算什么？我都快吐了。"

"千万别提吐，看在上帝的分儿上！"吉尔说。

两人埋头赶路，沉默片刻。

"吉尔。"尤斯塔斯很快又说。

"什么事？"吉尔问。

"我们要是被杀死在这儿，会发生什么事？"

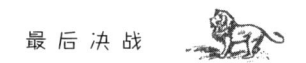

"哦,那就死了呗,我猜。"

"可我问的是在我们的世界会发生什么事?是不是我们一觉醒来就会发现又回到那火车里?还是彻底消失,从此无消息?或者在英格兰也是死人了?"

"哎呀,我从没想过那些。"

"要是彼得和其他人看到我从车窗里摇手,可等列车抵达又找不到我们,会多吃惊!要是他们发现我们俩——我是说,我们俩死在——"

"呸!"吉尔不悦,"这念头太可怕了!"

"对我们俩来说并不可怕。"尤斯塔斯说,"我们俩不该去那边。"

"我简直——但愿——不,我不但愿,尽管。"吉尔语无伦次。

"你想说什么啊?"

"我刚才想说,但愿我们俩从没来过这里就好了。可我不该、不该、不该这么想,就算我们会被杀掉,我宁愿为纳尼亚战死,也不想在家乡变老变傻,坐在轮椅上到处转,到头来还是一死。"

"或者被英国火车撞死!"

"干吗这么说?"

"因为当时火车猛地一颠——把我们两个抛到了纳尼亚——但其实火车并没出事故,我们来到了纳尼亚,还一个劲儿傻乐。"

吉尔和尤斯塔斯沉浸于往事,其他人也在讨论各自行动。他们纷纷振作起来。因为必须操心今晚该做的事,而那些纳尼亚的惨剧——往日繁华兴盛被毁的悲伤——统统被抛到脑海深处。但只要一停嘴,那悲伤就立刻回到心头——所以大家就不停地说。波金对晚上的计划非常乐观,肯定野猪、狗熊和所有烈犬都会立刻站到他们一边。他不信其他矮人会紧跟他们的首领格雷弗尔。篝火旁边开战,林子里打进打出,反而有利于弱势一方。要是他们今晚打了胜仗,几天后还有必要迎战卡乐门大军,牺牲性命吗?为何不躲入森林,甚至藏身比大瀑布更远的西部荒原,做绿林好汉呢?也许他们还会发展壮大,因为每天都会有会说话的动物和阿钦兰人加入进来。最后,他们就能走出藏身地,横扫卡乐门人(那

些家伙到那时已无防备),把他们赶出国门,纳尼亚就会再次复兴。说到底,这种事米拉兹国王时代不是发生过吗?

这番话蒂廉都听到了,但此时他想的是:"那怪物塔什在搞什么呢?"他深感波金琢磨的事根本不可能,但这话他没说出来。

接近马厩山时,大家自然都保持安静。真正的林中冒险这才开始。从看到马厩山那一刻到抵达马厩背后,足足花了两个多钟头。这种经历难以细述,除非写满一页又一页。从一个隐蔽处到另一个隐蔽处都是不同的冒

险，中间还有长时间的等待，还有数次虚惊。你要是一名好侦察员或者好向导，就会深谙其中艰难。日落时分，大家终于安全躲进距马厩背后十五码远的一片冬青树林中。大家放下武器，大嚼饼干。

等待总是最难熬的。两个孩子运气好，还睡着了一两个钟头，但夜里寒气上来自被冻醒，更糟的是醒来就渴，却无水可喝。迷糊一直站着，紧张地发抖，一声不响。蒂廉头抵朱尔的身子，睡得沉酣，就像在凯尔帕拉维尔的城堡里一样。直到一记锣声把他惊醒。他坐起来，发现马厩那边点亮了一堆篝火，明白时辰到了。

"朱尔，亲亲我吧。"国王说，"我们在世上的最后一夜到了。要是我在任何大事小情上得罪过你，现在，请原谅我。"

"亲爱的国王，"独角兽道，"巴不得你得罪过我，我就好原谅你。我们相知已久。假如阿斯兰容我选择，我只会选择陪你一起活，陪你一起死。"

然后，他们唤醒老鹰，因为千里眼脑袋埋在翅膀底下睡觉（让人觉得它根本没长脑袋）。大家一起爬向马

厩，只把迷糊留下（还一番好话哄他，现在没人跟他生气了），要他别乱动，等人来牵。随后众人在马厩另一头各就各位。

夜半，篝火点燃不久，刚开始熊熊燃烧。离他们仅数码之遥，一大群纳尼亚动物聚在篝火另一头，所以蒂廉开头看不清楚，不过当然能发现十几双眼睛在反射篝火的光亮，就像你在汽车头灯照亮下，会发现一只兔子或一只猫的眼睛一样。蒂廉刚就位，锣声就停了，左边出现三个身影。头一个是泰坎雷什达，那个卡乐门队长。第二个是无尾猿。一只爪子拉着雷什达的手，不停嘟嘟囔囔地哀求："别走这么快，我不舒服。我头疼！这种半夜大会受不了啦。无尾猿不能半夜不睡觉，无尾猿又不是老鼠或者蝙蝠——哦，我头好痛。"无尾猿的另一侧，步履轻柔又庄严，尾巴竖立空中的是姜黄猫。他们走向篝火，离蒂廉很近，要是方向对头，他们就会立刻发现国王。幸亏他们没看对方向。蒂廉听到雷什达压低嗓门对姜黄猫说：

"姜黄猫，你就位吧，留神把戏演好。"

"喵，喵，看我的！"姜黄猫走到篝火另一侧，坐到兽群前排——你也许会说，混到观众中间。

因为这里恰好就像在戏院。纳尼亚人好比坐在席位上的观众；马厩前这片草地燃烧的篝火、无尾猿和队长站在那儿对兽群讲话，好比舞台；马厩好比舞台助理用脊背支撑的布景；蒂廉和朋友好比在布景后面窥探的闲人。位置太好了。任何一个人往前一步就会被火光完全照亮，立刻集聚所有目光。另一方面，只要他们在马厩远处墙头的阴影里一动不动，被发现的概率也就只有百分之一。

雷什达把无尾猿拽近篝火，两人面对兽群，这就意味着他俩背对着蒂廉和伙伴们。

"好啦，无尾猿，"雷什达压低嗓门威胁，"把更聪明的脑袋教你说的话说出来，把你的头昂起来。"边说边用脚尖从背后把无尾猿戳一下、踢一脚。

"别碰我！"机灵牙缝里挤出一句。他挺直上身，开始大声说道：

"你们全都听好了。大祸临头！邪恶发生！纳尼亚

发生了最恶毒的事。阿斯兰——"

"蠢货，是塔什兰！"雷什达压低嗓门骂道。

"塔什兰，我说的是，当然，"无尾猿忙改口，"对此非常生气。"

一片可怕的沉寂，动物们都在静听什么新灾难要降临。马厩远处的墙头阴影里的一小群人也屏住了呼吸。到底什么灾难要发生？

"对，"无尾猿道，"就在此刻，可怕者就在我们中间——就在我身后的马厩里——一个邪恶的家伙竟敢干出你们以为谁也不敢干的事，即使他远在千里之外！这个邪恶的家伙竟敢用狮子皮把自己打扮起来，在林子里转来转去，假装阿斯兰！"

吉尔一时纳闷无尾猿是不是疯了，他是打算揭露真相？这时，兽群爆发出一片怒吼——"呜呜呜！这是谁？他在哪儿？让我咬死他！"

无尾猿接着编："这家伙昨晚被发现逃跑了，是头驴子！一头下作的驴子！你们谁要见到这头驴——"

"呜呜呜！"野兽们吼叫，"咬死他！咬死他！他最好别挡我们的道！"

吉尔注视国王，只见他一脸厌恶，嘴巴大张。吉尔顿时明白敌人的诡计多么狡猾邪恶。假作真时真亦假。现在再告诉动物们驴子假扮狮王骗了他们还有什么用？无尾猿会说"正和我说的一模一样"；把披着狮皮的迷糊给动物们看还有什么用？他们只会把迷糊撕成碎片。"这招先发制人！"尤斯塔斯小声恨道，"对我们大大不利。"蒂廉道："该死的家伙太狡猾！"波金骂道："我敢发誓，这新的谎言一定出自姜黄猫。"

第17章 谁进马厩

吉尔觉得耳朵发痒,原来是朱尔像马一样张开大嘴对准她的耳朵在说悄悄话。一听清朱尔的话,她就直点头,踮着脚回到迷糊站的地方。悄悄地、快快地割断驴子身上绑狮皮的绳子。无尾猿的那番话之后,要是迷糊再被发现披着那狮皮可不得了!她想把狮皮藏得远远的,可是太重。只好尽力一脚踢进灌木丛,然后打手势要迷糊跟上她,加入其他人的队伍。

无尾猿又开始讲了:

"出了这等可耻的事,阿斯兰——塔什兰——更愤怒啦!他说对你们实在太好了,还天天晚上出来给你们拜见,想想吧!这下好了,他再也不出来了。"

动物们发出一片应答——嚎叫声、喵叫声、尖叫声、咕哝声，但突然传来一声哈哈大笑。

"听听无尾猿在说什么呀！"那声音叫道，"我们知道他为何不把他高贵的阿斯兰请出来——因为他根本没有！从来就没有，只有一头披着狮子皮的老驴！现在他连那驴也弄丢啦，不知怎么办啦！"

蒂廉看不清火堆那边的众多面孔，但猜那是矮人首领格雷弗尔的声音。片刻之后，他便肯定无疑，因为所有矮人都加入进来唱道：

"不知怎么办！不知怎么办！不知怎么办！吼——吼——吼！"

"安静！"雷什达咆哮道，"安静！你们这些下贱的矮人！你们这些纳尼亚人！听我说，不然就命令我的兵砍死你们！机灵大人已经告诉你们那头邪恶驴子的真相。你们因为那驴子就以为真塔什兰不在马厩里吗？是不是？当心！当心！"

"不！不！"多数人大叫，但矮人们说："说得对，黑皮，你没错。无尾猿，赶紧给我们看看马厩里的东西

吧。眼见为实。"

人群安静的瞬间，无尾猿说道：

"你们这些小矮子自以为聪明，是不是？别着急！我可没说你们见不着塔什兰。谁想见都可以见。"

全体观众都不出声。一分钟后，传来狗熊慢吞吞的质疑。

"我弄不明白所有这些话，"狗熊埋怨，"我想你说的是——"

"你想？"无尾猿重复他的话，"好像谁还会把你脑袋里那些东西叫'思想'！谁都可以见塔什兰。但他不会出来。你们得自己进去见他。"

"哦，谢谢，谢谢，谢谢。"十几个声音说，"我们就想这样！我们可以进去面对面见他。他会大发慈悲，一切就会和从前一样。"鸟儿开始叽叽喳喳，狗也激动地汪汪叫。突然，一片骚乱，动物们全体站起来，全体向前冲，想一齐挤进马厩的门。但无尾猿大叫道：

"退回去！安静！别着急！"

动物们停住，其中好多动物一只爪子停在空中，有的尾巴在摇动，脑袋都歪向一边。

"我想你刚才说过——"狗熊开口，但被机灵打断。

"谁都可以进去，"无尾猿说，"但一次只能进一个。谁先进去啊？他可没说过会大发慈悲。自打那天晚上吞掉邪恶的国王之后，他就一直在舔舌头。今早还怒吼了好久呢。今晚我自己也不想进去。但你们随意。谁想先进去？要是被他囫囵吞进肚皮，或被他冒火的目光烧成灰烬，可别怪我，是你们自找的好事！好啦！谁先进去？矮人先来一个吧？"

"好事，好事！进去就找死！"格雷弗尔冷笑，"我们怎么知道里头是什么东西？"

"吼——吼！"无尾猿嚷道，"现在你们担心马厩里真有什么东西啦？哼，刚才还吼声震天呢！怎么吓得哑巴啦？谁先进去？"

但动物们面面相觑，步步后退，离开马厩，摇尾巴的也几乎没了。无尾猿大摇大摆地来回走，狞笑道："还以为你们个个急着跟塔什兰面对面呢！变主意啦，嗯？"

蒂廉低头倾听吉尔对他耳语。"你觉得马厩里有什

么？"她问。"谁知道？"蒂廉回答，"多半是两个卡乐门人，握着弯刀，门两边一边一个。""难道你不觉得，也许是……你懂的……我们见过的那个怪物？""塔什吗？"蒂廉小声说，"说不准。孩子，别怕，真狮王会保护我们。"

这时，最令人吃惊的事发生了，姜黄猫用冷静清晰的声音说："如果你们不反对的话，我先进。"

所有动物都转过头，盯住姜黄猫。

"留神他们的鬼把戏，陛下，"波金提醒国王，"该死的姜黄猫策划了阴谋，他是这场戏的主角。我确信，马厩里不论是什么都不会伤害他。姜黄猫会走出马厩说自己目睹了奇迹。"

但蒂廉顾不上回答，因为无尾猿已命令姜黄猫上前。"嗬——嗬！"无尾猿冷嘲热讽道，"你这冒失的小东西，还敢跟他面对面。那就来呀！我给阁下开门。要是被他吓掉胡子，可别怪我，你自找倒霉！"

姜黄猫站起来，离开兽群，一本正经，步步讲究，尾巴竖得笔直，油光水滑的身上每根毛都恰到好处。猫向前走，经过篝火，直走到背靠马厩墙头站立的蒂廉近旁，近到蒂廉正对那张猫脸。猫儿绿色的大眼珠连眨都不眨。（"够镇定的，他知道没啥可怕的。"尤斯塔斯咕哝。）无尾猿边笑边挤眉弄眼，拖着脚，从猫儿身边经过，举起爪子，拔开门闩，打开大门。蒂廉都能听到姜黄猫走进黑黢黢的门洞时发出的呼噜声。

"嗷咦——嗷咦——嗷呜喂！——"最惨烈的一声嚎叫把所有人吓了一大跳。你在深更半夜可能被打斗的猫儿惊醒过，熟悉这叫声。

更糟的是，无尾猿被飞速蹿出的姜黄猫撞了个大跟头。若事先不知道这是只猫，你准以为是道姜黄色的闪电。姜黄猫箭一般冲过开阔的草地，冲入兽群。谁也不

想跟这疯子对撞,动物们左闪右闪,慌忙躲避。猫儿蹿上一棵树,快快转一圈,头朝下不动了。尾巴毛硬硬乍起,简直比身子还显粗——眼珠瞪得老大,好似两团绿火——背毛根根高耸。

"愿以我的络腮胡子为代价,"波金小声说,"好想知道那小恶棍到底是演戏,还是真看到什么使他害怕的东西!"

"伙伴们,别出声!"蒂廉道,因为卡乐门队长和无尾猿也在窃窃私语,国王想听他们在说什么,结果听不清,除了无尾猿在抽泣:"我的头,我的头啊!"不过蒂廉隐约感到,和他一样,两个坏蛋也看不懂姜黄猫在搞什么鬼。

"好啦,姜黄猫!"队长喝道,"别乱叫啦。跟他们说说你见到什么啦。"

"嗷咦——嗷咦——嗷呜喂!"姜黄猫叫声尖厉。

"你不是只会说人话的动物吗?"队长喝道,"那就别鬼喊鬼叫的,快说话!"

后来的事情真奇怪。蒂廉肯定(其他人也肯定)姜黄猫想说话,但说不出来;他在张嘴,却只能发出平凡丑陋的猫叫声，英格兰随便哪个后院的猫咪发脾气、受惊吓都这么叫。而且姜黄猫叫得越久，越不像会说话的动物。别的动物也纷纷不安，开始抽抽搭搭或微微尖叫起来。

"瞧！瞧！"野猪喊道，"他不会说话啦。忘了如何说话啦！变回哑巴兽啦。瞧他的脸！"人人发现此话不假。接着最大的恐惧降临所有纳尼亚国民，因为每个人都早就知晓——早在小鸡、小狗、小象时就知晓——世界之初，阿斯兰就把纳尼亚的动物变成了会说话的动物，警告他们，要是行为不端，早晚就会变回哑巴，和其他国家那些可怜愚蠢的动物一样。"这下大祸临头啦！"动物们痛苦呻吟。

"行行好！行行好吧！"动物们哀号，"饶了我们吧，机灵大人，您站在阿斯兰和我们中间，总可以进去为我们求求情啊。我们不敢，我们不敢啊！"

姜黄猫在树上越爬越高，消失不见。再也没人见过他。

蒂廉手握剑柄，低头思考。眼前的恐怖令他恍惚茫然。他时而觉得最好立刻拔剑扑向卡乐门人，时而觉得应当静观其变。而现在新的变故来了。

"我的父亲。"观众左侧发出一声清晰有力的呼喊。蒂廉立刻明白是一个卡乐门人在说话，因为蒂斯罗克的军队里，普通士兵称呼军官为"我的主人"，军官则称呼更高级长官为"我的父亲"。吉尔和尤斯塔斯不明就里，左看看、右看看，发现了说话人，因为两侧的人比中间的人更容易看清楚，火光会把远处衬得更黑。这个青年身材高挑，黑暗中颇显帅气，一副卡乐门式的傲慢。

"我的父亲，"他对队长说，"我也想进去。"

"住口！埃莫斯！"队长怒斥，"谁让你开口了？青皮后生多什么嘴！"

"我的父亲，"埃莫斯道，"我的确比您年轻，但和您一样，身上也留着'泰坎'的血。也是塔什神的仆人。所以……"

"闭嘴！"雷什达怒道，"难道我不是你的队长吗？你与马厩有什么相干！这是给纳尼亚人设的。"

"不，我的父亲，"埃莫斯抗辩，"你说过阿斯兰与我们的塔什神是一回事。若此话当真，马厩里就是塔什神。你怎么能说我与他不相干？若能亲眼见他一回，我情愿死上一千次。"

"你这傻瓜，懂个屁！"雷什达骂道，"这些都是高层人的事。"

埃莫斯神情更坚定："那塔什就是阿斯兰的话其实是谎言了？无尾猿对我们撒谎了？"

无尾猿立刻反驳："他们当然是一个神。"

"无尾猿，你发誓。"埃莫斯要求。

"哦，天哪！"机灵叹气道，"但愿你们别再烦我。我头好痛。好啦，好啦，我发誓。"

"那好，我的父亲，"埃莫斯说，"我下定决心要进去。"

"傻瓜！"雷什达骂他，但这时矮人们齐声喊道："快点儿吧，黑皮！干吗不让他进去？为什么你让纳尼亚人进，却不让自己人进？里头到底是什么，你不想让自己人看？"

蒂廉和伙伴们只看到雷什达的背影，无法得知他脸上的表情。只见他一耸肩膀道："大家做证，我跟这个年轻傻瓜的性命可没关系。进去吧，莽汉，赶紧！"

这时，埃莫斯与姜黄猫一样，朝篝火与马厩之间那片草地走去。他目光炯炯，神情严肃，手握刀鞘，昂头挺胸。吉尔看清他的面孔，几乎要哭。朱尔对国王耳语道："狮王在上，我简直爱上这条汉子了，虽说是个卡乐门人。他值得有一个比塔什更厉害的神。"

"真想知道里头到底有什么。"尤斯塔斯说。

埃莫斯推开门，走进马厩黑黢黢的门口，随手关门。几分钟过去——但似乎显得很长——门又开了，一个身披卡乐门锁子甲的身影滚了出来，面朝天一动不动。门在他身后关上了。队长朝这人跳过去，俯身去看那张脸，惊得跳起来。随即他恢复镇静，转向观众大叫道：

"莽汉目的达到，见到了塔什，结果送命。你们全体接受教训吧！"

"我们接受，我们接受！"可怜的动物们齐喊。但蒂廉与伙伴们先看看倒地的卡乐门人，再互相看看。他们距离近，比远离篝火的动物们看得更清楚——这死者根本不是埃莫斯，大大不同——死者是个络腮胡子的老头儿，个头矮得多，身体粗壮得多。

"嘀——嘀——嘀，"无尾猿窃笑，"还有谁要来？

谁还想进去看？得啦，你们既然都不好意思，我就来挑下一个。你——野猪！过来！卡乐门人，把野猪赶过来！让他面见塔什神。"

"呜——呜——呜咿，"野猪笨重地腾起前蹄，呼噜道，"那就来吧，试试我的獠牙！"

蒂廉发现勇敢的野猪打算拼命——而卡乐门士兵拔出弯刀，正在向野猪逼近——而且无人相助——蒂廉仿佛体内什么东西炸裂，不再顾及时机是否最好。

"剑出鞘！"他小声下令，"箭上弦，跟我来！"

下一刻，纳尼亚百姓顿时惊呆：但见七个身影向马厩直扑过去，其中四个身披亮甲，国王的剑在头顶挥舞，在火光中闪耀。他大声喊道：

"纳尼亚国王在此！我，纳尼亚国王蒂廉，以阿斯兰之名，以我的血肉之躯，证明塔什是个恶魔，无尾猿是两面三刀的叛徒，这些卡乐门人统统该死！全体真正的纳尼亚人，站到我身边来吧！难道你们还要等着你们的新主子把你们一个个杀掉吗？"

第11章 节奏加快

快似闪电,泰坎雷什达立刻跳出国王长剑够得着的范围,他不是懦夫,需要的话,敢于单枪匹马应对蒂廉和矮人,但他不敢与老鹰和独角兽较量。他明白老鹰会如何扑到脸上用嘴啄他的眼珠子、用翅膀拍瞎他的眼睛。以前听父亲说过(他与纳尼亚人做过战),无人能与独角兽对抗,除非用弓箭或长矛,因为独角兽会腾起前蹄朝你扑过来,那你就得同时对付铁蹄、尖刺和利齿。因此,他连忙冲入动物群,大声号召:

"跟我来!跟我来!蒂斯罗克的勇士们,蒂斯罗克万岁!跟我来,全体忠实的纳尼亚人,别让暴怒的塔什兰咬死你们!"

泰坎雷什达呼喊时,另有两件事同时发生。大难临头,无尾猿却不如雷什达反应快,还蹲在火边瞪着新来者发呆。蒂廉扑过去一把揪住他脖颈,冲回马厩,大叫:"快开门!"波金推开门。"机灵!快进去自食恶果!"蒂廉边说边把无尾猿推入黑暗。但矮人砰地关上门时,从马厩射出一道刺眼的蓝绿光,大地摇撼,怪叫传来——厉声咯咯作响,仿佛来自什么嘶哑骇人的大鸟。"塔什兰!保佑我们吧!"动物们纷纷跪倒在地,用翅膀或爪子掩面,发出哀嚎,除了老鹰千里眼,所有动物中他眼力最强,即刻发现了雷什达。雷什达竟也与大家同样满面惊恐。"这可好了,"千里眼心想,"唤来自己都不相信的鬼神,看鬼神如何收拾你!"

第三件事——也几乎同时发生——算是当晚最妙的事。所有到场的会说话的狗(共计十五只)欢快地吠叫着,上蹿下跳,奔向国王一边,他们全是身强体壮,牙尖齿利的大狗。狗群的到来如同海滨一股巨浪,这些狗虽说人话,也都具有对人的忠诚,统统站起来,前爪搭上新来者肩头,舔着他们的脸,叫道:"欢迎!欢迎!

效劳！效劳！教我们！怎么干？怎么干？怎么干？"

这忠诚多么可爱，简直叫你想哭，他们一直期盼的情景终于发生。不一会儿，几只小动物（老鼠、鼹鼠和松鼠之类）也啪嗒啪嗒走过来，开心地吱吱叫："看！看！我们来啦！"接着，狗熊、野猪也来了。尤斯塔斯暗想，也许一切终归会好。但蒂廉打量四周，发现站过来的动物为数太少。

"跟我来！跟我来！"国王呼喊，"自从我当了国王，你们都变成胆小鬼了吗？"

"我们不敢，"十几个声音呜咽道，"塔什兰会发怒。请保护我们不被他害吧！"

"会说话的马都在哪儿？"

"我们看见了，我们看见了。"老鼠吱吱叫道，"无尾猿让马儿干活——全被拴起来——在山脚下呢！"

"那小友们，"蒂廉发令道，"善咬善啃的小东西们，快跑啊！去弄明白马儿是否跟我们站在一边。要是的话，就赶紧用你们尖牙咬断绳子，把马儿带到这儿来！"

"遵命，陛下！"这些尖眼尖牙的小东西尾巴一摆，即刻狂奔而去。蒂廉目送背影，由衷地笑了。但还有事要操心。雷什达已在下命令。

"向前冲！"雷什达叫道，"把他们统统活捉，扔进马厩、赶进马厩。等他们全进去就放火，祭献给塔什神！"

"哈！"千里眼自语，"不信塔什，还想就这样赢得塔什的宽恕！"

敌人的阵线——约半数是雷什达的人马——正逼过来，蒂廉简直来不及下令。

"吉尔，你去守左翼，尽量用箭拦住他们！野猪和

狗熊掩护。波金到我左边,尤斯塔斯到我右边。朱尔把守右翼。迷糊你到朱尔旁边,用蹄子踢敌人!"

尤斯塔斯心儿怦怦狂跳,使劲鼓励自己:"要勇敢!要勇敢!"他从没见过这种场面(虽说从前遭遇过一条恶龙和一条海蛇),眼看那排眼睛冒火的黑面孔就要冲过来,他浑身直发凉。敌方有十五个卡乐门人、一头会说话的纳尼亚公牛、一只鬼鬼祟祟的狐狸和一个半羊人。这时听到左边"砰——嘶"的一声,一个卡乐门人倒下——又一声"砰——吱",半羊人倒下。"哦,干得好,丫头!"蒂廉夸道。这时,敌人扑了过来。

接下来几分钟的事尤斯塔斯再也想不起来,一切都像一场梦(体温超过华氏100度时,人也会这样恍恍惚惚)。忽听雷什达在远处大喊:

"撤退!退回来重新组队!"

此时,尤斯塔斯头脑恢复清醒,发现卡乐门人纷纷退回到同伴身边。但两个被朱尔的尖角戳穿,倒地死了,另一个被蒂廉刺死。而狐狸就死在他脚前,他纳闷是自己砍死的吗? 公牛也倒了,眼睛被吉尔一箭射穿,身体也被野猪獠牙撕开。但我们一方也有损失。三只大狗被杀死，还有一只受伤，在战线后方呜呜咽咽，三条腿跛行。野猪躺在地上，虚弱地抽动。深沉的喉音最后一刻都充满疑惑："我——我不——明白！"大脑袋默默倒落草地，小孩子睡着一般，再也不动。

事实上，敌人的首轮进攻已告失败。尤斯塔斯却高兴不起来——他口渴似火，胳膊也在疼。

吃败仗的卡乐门士兵撤向自己的指挥官，受到矮人们的挖苦嘲笑：

"黑皮们，吃够苦头了吧？"他们叫道，"喜欢吗？你们那位了不起的泰坎干吗不自己上阵，却打发你们送死啊？可怜的黑皮！"

"矮人们！"蒂廉喊道，"站到我们这边来！用刀剑，别用舌头，时间来得及。纳尼亚矮人们！知道你们会打仗。恢复你们的忠诚吧！"

"呀——！"矮人们讽刺道，"休想！你也是大骗子，跟那伙人一样。我们什么国王也不要。矮人靠矮人。去你的吧！"

最后决战

此时，鼓声响起——这次不是矮人的而是卡乐门人的牛皮大鼓声。两个孩子一听就痛恨——咚——咚——叭、叭——咚！他们若明白鼓声的意义就会更痛恨。蒂廉国王明白，这意味着附近有其他卡乐门军队，而雷什达正在召唤他们的支援。蒂廉和朱尔揪心地交换眼神，原以为当晚他们可能取胜——但如果敌人的援军到来，就全都完蛋。

蒂廉绝望四顾。几名纳尼亚人与卡乐门人站在一起，无论是因为背叛还是因为惧怕"塔什兰"。其余人袖手旁观，两边都不想参加。但动物变少，兽群小多了。显然开战时有些动物已悄悄开溜。

咚——咚——叭——叭——咚！可怕的鼓声在响。忽然，一个声音混合进来。"听！"朱尔喊，接着千里眼又喊："快看！"不一会儿他们就明白无疑了。雷鸣般的马蹄，高扬的马头，大张的马鼻孔，飘扬的马鬃，十几匹纳尼亚会说话的马冲上了马厩山。那些善啃噬的小动物大功告成。

矮人波金和孩子们正要张嘴欢呼，却猛然打住。空中突然飞来弓的砰砰声和箭的嘶嘶声。原来是矮人们在射箭——吉尔简直不敢相信自己的眼睛——矮人们在朝马儿射箭！他们都是神箭手！马儿一匹接一匹倒了下去，没有一匹抵达国王身边。

"小猪崽子！"尤斯塔斯尖声骂道，气得直跳脚。"肮脏下贱、背信弃义的小畜生！"连朱尔都开骂。"陛下，我去追他们。一次扎穿他十个怎么样？"但蒂廉神情坚如磐石："朱尔，好好站稳脚。想哭的话，宝贝儿（这话对吉尔说的），背过脸去，别让泪水打湿弓弦。尤斯塔斯，住嘴，别骂骂咧咧，厨娘似的。勇士绝不骂人。要么彬彬有礼说话，要么狠狠出手打过去！"

但是矮人们回嘴挖苦尤斯塔斯："小家伙，吓破胆了吧，嗯？指望我们帮你们是不是？别担心，我们不要任何会说话的马，也不比另一伙人更想赢你们。你们别指望我们参战。矮人只靠矮人。"

雷什达仍在对他的人讲话，毫无疑问在安排第二轮进攻，没准儿后悔头一轮进攻没有派出全部兵力。鼓声继续咚咚响。蒂廉和他的人大惊失色，远远传来的模糊

鼓声在呼应。另一支卡乐门军队听到雷什达的信号正前来支援。即使蒂廉此时已完全绝望，但从他脸上你也看不出来。

"听着，"他压低嗓门平静地说，"我们现在就进攻，趁那些恶棍的援兵赶到之前。"

"陛下，再想想。""我们现在背后还有马厩的木板墙可依靠。要是前进，会不会被包围、被刀尖直指胸膛？"

"波金，这问题我也会问。"蒂廉回答，"可难道他们的目的不就是想把我们逼进马厩吗？我们离这致命的门越远才越好啊。"

"国王是对的。"千里眼说，"避开这该死的马厩，避开里头不论是什么的鬼东西，不惜一切代价。"

"对，就这样。"尤斯塔斯附和，"我早就一见马厩就恨了。"

"好！"蒂廉道，"大家往我们左边远处瞧，会看到一块大石头，火光下闪白光。我们先扑过去打卡乐门人。你——小丫头，从左前方推进，对准敌军尽快放箭。你——老鹰，从右前方扑打敌人的脸。其他人同时发起进攻，等我们接近敌人，吉尔就不好再放箭，免得射到自家人，赶紧撤到大白石后面等着。其余人作战时要竖起耳朵注意听。我们必须在几分钟之内就打跑他们，也许根本打不跑，因为敌众我寡。只要我喊撤退，就迅速冲回大白石背后，与吉尔会合，大石头可以掩护我们喘口气。现在，吉尔——出发！"

吉尔跑出去约二十英尺，倍感孤单。她右腿后撤，左腿前伸，立刻将一支箭上弦，暗恨自己手抖得太厉害。"一支臭箭！"第一支箭飞过敌人头顶时，她骂道。但立刻另一支箭上弦——她知道速度最重要。她看到一个巨大的黑影扑向卡乐门人的面孔，那是千里眼。敌人一个接一个丢下刀剑，两手护住双眼。接着她自己一箭射中一名仇敌，又射中一匹纳尼亚狼，这匹狼加入了敌人阵营。但她只放了数秒钟箭就只好住手，因为刀剑闪闪、野猪獠牙闪闪、朱尔尖角闪闪、狗群怒吼狂吠，蒂廉和手下百米冲刺般扑向敌人。吉尔惊奇地发现，敌人似乎毫无准备，不明白这正是她自己和老鹰的功劳。要是一侧利箭飞来，另一侧老鹰扑面，还有几个敌人敢看

前方？

"哦，干得漂亮！干得漂亮！"吉尔大声鼓劲。国王的人马冲进敌军，杀出一条路。独角兽挑起敌人就像你用叉子挑动干草堆一样。在吉尔眼中（她毕竟对剑术知之甚少），就连尤斯塔斯也打得漂亮。烈犬在扑咬卡乐门人的咽喉。战术顺利！胜利在望！

吉尔发现一件怪事，惊得脊背发凉：卡乐门人虽被纳尼亚人一个个砍倒，但似乎数量并不见减少，反而比战斗开始时更多，每秒钟都在增加，从四面八方拥上来。是新来的卡乐门人！这些人手持长矛，太多了，她连自己人都看不到了，这时只听蒂廉大喊：

"撤退！退到石头背后去！"

敌人获得增援，鼓声奏效。

第12章　穿过马厩之门

吉尔本该躲到大白石背后去，可她只顾观战，把命令给忘了。现在醒悟过来连忙朝大石头跑去，比其他人只早到一秒钟。撤退的时候，所有人都背对敌人，一躲进石头背后众人才转过身来，只见一片可怕景象。

一个卡乐门人奔向马厩大门，手里抱着一个又踢又打的东西，等卡乐门人跑到吉尔他们与篝火之间时，众人才看清楚，敌人抱着的是尤斯塔斯！

蒂廉和独角兽立刻冲出去救尤斯塔斯，但卡乐门人比他俩离马厩门更近。他俩还在半路，尤斯塔斯已被抛进大门，门立刻关上了。另有五六个卡乐门人追在后面，在马厩前的空地上组成一道防线。现在无法接近马厩了。

此时吉尔记着把脸蛋偏到一边，免得泪水打湿弓弦。"就算眼泪止不住，我也不会弄湿弓弦。"她说。

"留神利箭！"波金忽然警告说。

众人连忙弯腰躲避，把头盔拉到鼻子下面。烈犬趴在背后。尽管有几支箭飞过，很快他们就发现目标不是他们。格雷弗尔和一众矮人再次操弓放箭，这回他们冷静地射向卡乐门人。

格雷弗尔呐喊："伙计们别停！一齐放箭！当心！我们不要卡乐门黑皮，不要无尾猿——不要狮子——也不要国王。矮人靠矮人！"

骂矮人什么的都有，但没人骂他们不勇敢。他们本可以轻轻松松、安全逃开，却选择留下，尽力消灭交战双方的人，除非双方足够友好，互相干掉对方的几个，给他们减少麻烦。矮人一心独占纳尼亚。

他们也许忘了卡乐门人披盔戴甲，马儿却毫无保护，而且卡乐门人还有头目指挥。这时雷什达高喊：

"三十名盯住石头背后的傻瓜，其他人跟我来，给这些大地之子吃点苦头！"

蒂廉和伙伴们打得上气不接下气,正好得着片刻喘息,目睹泰坎雷什达率军与矮人们交战。此刻场面怪异,火堆沉落,光亮减弱,只剩些暗淡红光。眼前除了矮人对峙卡乐门军队,一片空场。这种光线下,战况着实看不清楚,听起来好像矮人们打得很精彩。蒂廉听到格雷弗尔脏话连篇,也听到雷什达在喊:"尽量抓活的!抓活的!"

不论战斗有多惨烈,但为时不长,喧嚣渐渐停止。吉尔看到雷什达回到马厩旁边——十一个人跟在他后面,拖拽着十一个被缚的矮人。(其余矮人是被杀死,还是逃离战场,无从得知。)

"把他们扔进去祭塔什神!"雷什达下令。

十一个矮人一个接一个被扔进那扇黢黑的马厩门后,门重新关闭,雷什达对马厩深深鞠躬道:

"塔什大神,这是献给您的燔祭品。"

全体卡乐门人用刀背乒乒拍打他们的盾牌叫道:"塔什,塔什!最伟大的塔什!铁面无情的塔什!"(现在,他们不胡扯什么塔什兰了。)

最后决战

白色巨石旁的蒂廉一群人目睹这一切，交头接耳。忽然发现石头上流下细细一股清泉，全都扑上去痛饮——吉尔、波金和国王用手接水喝，四蹄动物则用舌头舔巨石下方的小水潭。大家渴坏了，简直一辈子没喝过如此甘洌的清泉。喝得痛快淋漓，忘掉一切。

"我有个预感，"波金道，"天亮前，我们全体都得穿过那扇黢黑的门。我宁肯死一百次也不愿意这样死！"

"那门的确阴森，"蒂廉道，"就像一张血盆大口。"

"哦，我们不能想法子堵住它吗？"吉尔声音发颤。

"不，漂亮朋友，"朱尔用鼻子轻轻拱她，"也许对我们来说是通往阿斯兰国的大门，今晚我们会在他的餐桌旁吃晚饭。"

这时，雷什达转身背对马厩，慢慢走到白色巨石前的一个地方。

"听着，"他说，"要是野猪、烈犬和独角兽愿到我跟前来，求我饶命，我就饶你们一命。野猪要关进蒂斯罗克花园的笼子里，烈犬关进蒂斯罗克的狗舍，独角兽嘛，我要锯掉他的角，派他拉车。但是老鹰、孩子们以及那个国王,今天晚上要祭献塔什神。"

回答他的是低沉的咆哮。

"上吧,勇士们!"雷什达下令,"杀死四条腿的,活捉两条腿的!"

至此,纳尼亚最后一位国王的最后大决战开始。

除了敌人数量大,还有长矛令人绝望。从一开始就跟着无尾猿的卡乐门人并没有长矛,他们三三两两混进纳尼亚,假扮人畜无害的生意人,当然不能带长矛,因为根本藏不住。而那些在无尾猿得势后新来的卡乐门人则大摇大摆长驱直入。长矛改变了局势。不等野猪獠牙或独角兽尖角得手,一长矛就可以把他们捅死,只要速度快,不着慌。此刻士兵们平端长矛,向蒂廉和他的最后几个朋友逼了过来,众人立刻殊死决战。

但局面也许没你想象的那么糟。你抖擞浑身肌肉——这边跳一下,那边跳一下,闪避长矛,你飞跃、前扑、后退、转身——无暇害怕伤心。蒂廉明白他现在谁也帮不了,大家统统只有一死。他模糊看到野猪在一边倒下;朱尔正拼死战斗。他用眼角扫到,但帮不了的还有，一名大块头卡乐门士兵正揪住吉尔头发拖着她走。他顾不上这一切，他只怀一念——要让夺走他生命的敌人付出最高昂的代价。最糟的是他没能守住在白色巨石下的位置。他一人同时应对十几个敌人，只能见机会就刺，见敌人暴露胸膛和脖颈就砍。这样不出几刀就会远离原先的位置。蒂廉很快就发现自己远远偏向右翼，离马厩越来越近。他模糊感到应当避开马厩，但记不清为何要避开。然而无可奈何，身不由己，马厩越来越近。

忽然，一切明了。他发现自己在与雷什达独斗。篝火（只剩余烬）就在正前方，他就在马厩门口拼搏。门已洞开，两个卡乐门人把手两旁，只要他被逼进门，门就会砰地关上。现在他明白了，敌人从开头就故意把他逼向马厩。他边想这些边与雷什达拼斗。

他忽然灵机一动，丢掉他的剑，在雷什达横扫的刀下向前猛冲，两手一把抓住敌人的腰带，和他一起跳入马厩，并放声大喊：

"你自己也进来见见塔什吧！"

喧嚣震耳欲聋。就像无尾猿被丢进来时一样，大地摇晃，亮光刺眼。

外面的卡乐门士兵尖叫道："塔什！塔什！"砰砰砸门。要是塔什神想要他们的队长，当然得给。他们自己，无论如何，可不想见塔什神。

一时间，蒂廉不知自己身置何处，甚至不知自己是谁。他随即站稳脚跟，眨眨眼睛，环顾周围。马厩内不如他预想的那么黑。他被强光照耀，难怪不停地眨眼。

他转身去看雷什达，但雷什达并没看他。雷什达指着一个东西连声惨叫，随后捂住脸，笔直扑面倒地。蒂廉朝他指的方向看去，立刻明白了。

一个恐怖的身影朝他们逼近，比他们先前从塔楼看到的那个小一些，但比普通人大得多，相貌却相同——一颗秃鹫的头，四条手臂，尖嘴大张，眼睛冒火。他用沙哑的声音说：

"泰坎雷什达，你召唤我来纳尼亚。我来啦。你想说什么呀？"

但雷什达既不抬头也不说话。他浑身颤抖，活像个不停打嗝的人。他打仗够勇猛，但当他心里开始质疑塔

什是否存在时，一半勇气已弃他而去，现在另一半勇气也已消失。

塔什猛然一扭——好比一只母鸡低头啄虫子，朝卑微的雷什达扑过去，一把夹到左边两条手臂底下。然后脑袋偏向一边，用一只可怕的眼睛盯住蒂廉——因为它生着一颗鸟头，当然无法直视你。

但立刻，塔什背后响起一个强大平静的声音，犹如夏日的海涛：

"去吧，魔鬼！带着你合法的猎物回到你的巢穴去吧，以阿斯兰及阿斯兰之父大洋之王的名义。"

丑陋的怪物夹着雷什达消失了。蒂廉转身去看是谁

在说话。一眼看到便心儿狂跳，比在任何战斗中都跳得激烈。

七位国王和女王站在他面前。他们头戴王冠，身穿华袍。不过国王们都披着精美的铠甲，手中的宝剑也已出鞘。蒂廉深深鞠躬致敬，正要开口，最年轻的女王呵呵笑了。

一看那张脸，他便张口结舌，还乐得倒吸一口气，原来是吉尔！但不是那个邋里邋遢、满脸灰尘泪水、一身旧训练服垮出半个肩膀的吉尔。此刻她好宁静、好清爽，犹如刚刚踏出浴缸。头一眼他觉得吉尔似乎年龄大一点了，但再看一眼，又觉得没变，他无法判断。然后他又发现最年轻的国王原来是尤斯塔斯——他的变化与吉尔一样。

蒂廉忽觉难为情，自己浑身血迹尘土、搏斗汗臭竟来到这些贵人面前！下一刻就发觉自己根本不是邋遢相，已变得干净清爽，身上服装也已变得与出席凯尔帕拉维尔宴会时一样。（不过，在纳尼亚，漂亮衣服绝不会让人穿着不舒服。纳尼亚人会做又好看又舒服的衣

服——而且全国从这头到那头，都没有上浆、绒布、松紧带这类的东西。）

"先生，"吉尔走上前，行个优雅的屈膝礼，"请允我引你觐见纳尼亚王中之王，至尊王彼得。"

蒂廉不用问就知道是哪一位，因为他对那张睡梦里见过的脸记忆犹新（不过，在这里更显高贵）。他走上前，单膝下跪，亲吻彼得的手。

"至尊王，"他说，"感谢赐见。"

至尊王扶起他来，按照至尊王惯礼，亲吻他的双颊。然后带他觐见最年长的女王——但就连她也不老，头上没有白发，脸上不见皱纹——说："阁下，这位就是波丽夫人，她在纳尼亚王国成立首日来到纳尼亚，当时阿斯兰让树木生长，让野兽说话。"接着带他见一位胸前金须飘飘，满脸洋溢着智慧的男子汉。介绍道："这位是我弟弟埃德蒙国王，这位是我妹妹露西女王。"

蒂廉见过所有贵客后问："先生，如果我对所有编年史理解不错的话，应该还有一位。陛下您不是有两位妹妹吗？苏珊女王何在？"

"我妹妹苏珊，"彼得的回答简短严肃，"已经不再是纳尼亚的朋友。"

"是的，"尤斯塔斯道，"无论何时，你想要她来纳尼亚、说说纳尼亚，或帮帮纳尼亚，她就会说：'你的回忆多美好！瞧你还老记着我们小时候的那些疯癫事儿。'"

"哦，苏珊！"吉尔道，"她只对尼龙袜、口红和宴会请柬感兴趣。她总是对长大成人着迷。"

"长大成人，真的吗？！"波丽夫人道，"但愿她会长大。她荒废了学生时代的全部光阴，一心要长到现在的年龄。她还会荒废余下的生命，力图留住现在的年龄不变。她只想尽快长到人生中最愚蠢的年龄，然后尽力停在那儿不动。"

"好啦，现在不说这些。"彼得道，"瞧！多好的果树啊。我们尝尝果子吧。"

此时，蒂廉才头一次四下张望，恍然大悟这是一场多么不寻常的冒险。

第13章 执拗的矮人

蒂廉以为——或者他本以为,若先前他有时间琢磨的话——他们是在一间茅草盖顶、长十二英尺、宽六英尺的小马厩里。但其实他们是站在绿草地上,头顶天空湛蓝,和风徐徐拂面,简直就像初夏的一天。距他们不远处耸立着一丛果树,树叶浓密,但每片树叶下都露出金黄、淡黄、深紫或火红的果子,是我们的世界从未见过的果子。这些果实使蒂廉觉得一定是在秋天——但空气又使他觉得应该还是六月。众人向果树走去。

人人都伸手去摘最喜欢的果子,但摘之前又都迟疑片刻。这些果子太好看,人人都在想:"一定不是我可以摘的……肯定不许我们摘。"

彼得见状说:"没事儿,我知道你们的担心。但我肯定,非常肯定,不必担心。我觉得我们来到的这个国家,凡事都允许。"

"那就摘啦!"尤斯塔斯道。大家全都开吃。

味道如何呢?可惜谁都不会形容。我只能说,与你吃过的水果相比,最新鲜的葡萄也淡而无味,最多汁的橙子也干巴巴,最酥脆的梨子也坚硬多渣,最甜的野草莓也嫌酸涩,而且这些果子无籽、无核、无虫眼。只要你尝过一口这种水果,世上最好吃的东西都像吃药了。但我不善描述,除非你能到那个国家自己亲口尝一尝。

大家尽享口福后,尤斯塔斯对至尊王彼得说:"你还没告诉我们怎么来这儿的呢。蒂廉出现时,你正要说。"

"没多少可说的,"彼得回答,"埃德蒙和我站在月台上,看到你们的火车进站,记得好像是列车转弯太快,记得当时挺奇怪,我们的人都在同一列车上,可露西居然不知道——"

蒂廉问:"陛下,'我们的人'是?"

"我是说我父亲、我母亲——埃德蒙、露西和我的

父母。"

"那他们原先在哪儿?"吉尔问,"你不会说他们也知道纳尼亚吧?"

"哦,不,这与纳尼亚并没关系,他们是去布里斯托尔①。我只听说他们那天早上会去。但埃德蒙说过他们也乘那趟火车(埃德蒙最懂火车的事)。"

"那后来发生了什么呢?"吉尔问。

"啊,不太容易说清楚。是不是,埃德蒙?"至尊王道。

"是不容易。"埃德蒙回答,"与上回不同。上回我们全被魔法带离我们自己的世界。这回有巨响,我还被什么砰地重击了一下,但并没受伤。我的害怕——嗯,还不如激动多。哦——还有件怪事。我原本膝盖酸痛,被橄榄球击中过,这下忽然不疼了。感觉轻飘飘的。然后——我们就到这儿来了。"

"就跟我们在车厢里一样。"迪戈里勋爵边说边从金

---

① 布里斯托尔,英国西部港口城市。

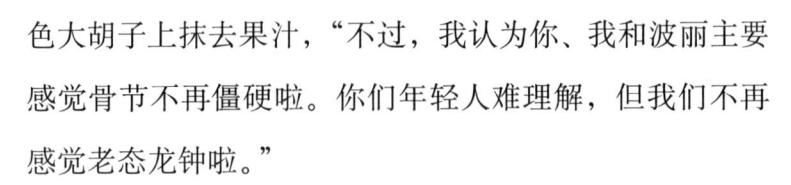

色大胡子上抹去果汁，"不过，我认为你、我和波丽主要感觉骨节不再僵硬啦。你们年轻人难理解，但我们不再感觉老态龙钟啦。"

"说我们是年轻人，瞧你说的！"吉尔反驳，"我看你俩不比我们老多少。"

"就算我们现在不老，我们也曾经老过。"波丽夫人道。

"你们到这儿后又发生了什么事？"尤斯塔斯问。

彼得回答："很长时间（至少我觉得很长时间）什么都没发生。然后突然那扇门开了——"

"那扇门是——？"蒂廉疑问。

"对呀，"彼得说，"你进来的那扇门啊——或者出去的那扇门——你忘了？"

"那门在哪儿？"

"看。"彼得手一指。

蒂廉看过去，发现最奇怪、最荒唐的景象：几码之遥，阳光下一清二楚，是一扇粗陋的木门，还带门框——但没四壁、没屋顶。他走过去，大感不解，其他人后面跟着，看他想干什么。蒂廉绕门一圈，走到另一侧，发现也一样。依然是初夏的早晨，他身在户外。那扇门就立在那儿，如同一棵树生了根。

"公正的陛下，"蒂廉对至尊王道，"这真是个伟大奇迹。"

"五分钟前，你和五个卡乐门士兵通过的就是那扇门。"彼得笑道。

"难道我不是走出林子进了马厩吗？但这只是一扇门而已，既不向来处也不向去处啊。"

彼得回答："你绕门转圈觉得是这样，但眼睛对准两块木板间的裂缝就能看透。"

蒂廉把眼睛凑到裂缝处。起先一片漆黑，啥也看不见。等眼睛习惯后，就看到暗红的光、一堆快熄灭的火、暗黑的夜空，还有星星。他又看到他与篝火之间有黑色身影动来动去——听得到他们在说话，像是那些卡乐门人的声音。于是，他明白这是在透过马厩门，看向他大决战的灯柱荒林。那些卡乐门人在商量是进门去找雷什达（可谁也不想进），还是放把火烧了这马厩。

他定睛再看,还是几乎不相信自己的眼睛。头顶天空湛蓝,脚下四面八方目力所及,绿草铺展,新来的友人围着他,哈哈大笑。

蒂廉笑道:"马厩外朝里看和马厩里朝外看,两个世界迥然不同。"

"对。"迪戈里爵爷同意,"里头的世界比外头的世界大得多。"

"是啊。"露西女王道,"在我们的世界也如此,马厩里曾有过比我们整个世界更伟大的东西。①"这是她头一次开口,声音如银铃般悦耳。蒂廉顿时明白——露西比其他人更沉醉于周围景色,开心到说不出话来。可他还想听她说话,便恳求道:

"女士,拜托请接着讲。给我说说你的全部历险。"

"颠簸和巨响之后,"露西说,"我们就发现来到了这个世界。对这扇门,我们和你一样奇怪。然后,门头一次打开(透过门洞我们只看到一片漆黑),一名男子手握一把刀走了进来,从他的兵器可以判断他是名卡乐门

---

① 此处使用了《圣经》典故,因为耶稣诞生于马厩。

士兵。他站在门旁举起刀放在肩头,随时准备砍死任何进门的人。我们走到跟前对他说话,但发觉他看不见我们,也听不见我们。他也从没转身看看天空、阳光和草地——我想他也可能看不见这些。于是我们等了很长时间。后来听到门闩被从外面拔掉,但士兵要等看清楚来人是谁才会挥刀砍下。我们猜大概有人交代过他该砍谁、不该砍谁。但门开时,塔什突然出现在门里,我们谁都没发现他从何而来。这时,穿过门洞,一只姜黄猫走了进来,看见塔什就拔腿逃命——逃得正好,因为塔什扑向姜黄猫时,被门弹回来撞了他的尖嘴。士兵看到塔什,面无人色,对着魔鬼深深鞠躬——但魔鬼消失不见。

"接下来,我们又等了很长时间。终于,门第三次打开,进来一名卡乐门青年。我喜欢他。看到这个青年,门旁哨兵吃惊得跳起来,我想他一直在等一个完全不同的人进来。"

"现在我全明白了。"尤斯塔斯道(他总是插嘴打断别人讲故事),"姜黄猫率先进门,哨兵得令不伤他。姜黄猫就会走出去说,见过了可怕的塔什,假装吓得要死，好吓唬其他动物。但无尾猿万万没想到真正的塔什会现身，所以姜黄猫冲出去时真吓得要死。这以后，无尾猿想摆脱谁，就打发谁进门，哨兵都会杀死他们，而且——"

"伙计，"蒂廉低声提醒，"你打断女士的故事啦。"

"嗯，我讲下去。"露西接过话头，"哨兵大吃一惊，正好使青年来得及提防，二人大打一场。青年杀死哨兵，丢出门外，然后慢慢朝我们走来。他看得见我们，看得见其他一切。我们想跟他说话，但他神情恍惚，念念有词：'塔什、塔什、塔什何在？我要见塔什。'所以我们没和他说话，他继续往前走——朝那边走了。我喜欢他。后来……呸！"

"后来，"埃德蒙接过话茬儿，"门里扔进一只无尾猿，塔什又扑上去。我妹妹心太软，不想告诉你，塔什啄了一口，无尾猿就没了！"

"无尾猿活该！"尤斯塔斯骂道，"话虽如此，但愿他敢跟塔什较劲。"

"后来，"埃德蒙说，"又进来十几个矮人——然后

是吉尔、尤斯塔斯,最后是你本人。"

"但愿塔什把矮人们都给吃了。"尤斯塔斯道,"一群小蠢猪。"

"不,塔什没有。"露西说,"别害怕,矮人们还在这儿呢。其实,你从这儿能看到他们。我千方百计想跟他们做朋友,可是白费劲。"

"跟他们做朋友!"尤斯塔斯大叫,"但愿你亲眼见过这些矮子的恶行!"

"得啦,尤斯塔斯。"露西拦住他,"过来见见他们。蒂廉国王,也许你对他们有办法。"

"今天我可对他们没有好感。"国王回答,"不过,您既然吩咐,我愿做一件更大的事。"

露西带路,大家很快就看到了矮人们。矮人们真奇怪,既没有四下溜达,也没有躺倒放松、自得其乐(尽管捆绑他们的绳子早已消失)。他们团团坐成一个小圆圈,你看我,我看你,不看周围,也不注意任何人,直到露西和蒂廉走近,近到可以伸手碰到他们。忽然,矮人们全都偏过脑袋,仿佛看不见任何人,却努力在听,凭声音猜测发生的事情。

"留神！"其中一个粗暴地喊道，"留神看路！别踩到我们脸上！"

"得了吧！"尤斯塔斯很气愤，"我们又不是瞎子，脸上长着眼睛呢。"

"在这里头还看得见，他们眼睛也太好了！"同一个矮人道，此人大名迪格尔。

"在哪里头？"埃德蒙发问。

"你这傻瓜，当然在这里头！"迪格尔气哼哼，"在这个黑黢黢、臭烘烘的小马厩里。"

"你们眼瞎了吗？"蒂廉惊道。

"这么黑，我们谁不眼瞎？"迪格尔顶嘴。

"可是一点儿也不黑啊，可怜的傻矮人。"露西说，"你们看不见吗？抬头看看！四周看看！难道你们看不见蓝天、树林和鲜花吗？看不见我吗？"

"以所有谎言的名义起誓，我怎么看得见没有的东西？一片漆黑，我看不见你，你不是也看不见我吗？"

"可我看得见你啊。"露西道，"我可以给你证明。你嘴里叼着烟斗。"

"熟悉烟草味的人都闻得出来。"迪格尔说。

"哦，可怜的小东西！这太难了。"露西道。她忽然心生一计，弯腰摘下一朵野生紫罗兰，"矮人，听我说，即便你眼睛看不见，鼻子总没问题——闻得到这个吧？"她俯身过去，把新鲜潮湿的野花凑到迪格尔的丑鼻子跟前，但又连忙跳开，险些挨了小拳头狠狠一击。

"住手！"矮人大叫，"你好大胆！往我脸上抹臭马粪是什么意思？里头还有一根扎人的蓟刺。太无礼！你究竟何人？"

"大胆穴居人！"蒂廉怒斥矮人道，"她是露西女王，是阿斯兰从远古派到这儿来的。正是她的缘故，我蒂廉王，你们合法的君王，才没砍掉你们肩上的那颗脑袋，事实已经证明，两次证明你们是叛徒！"

"哼！以为这话能吓死谁！"迪格尔不服，"那你怎么谎话连篇？你那了不起的狮王怎么没来救你？我就知道来不了。现在——就连现在——你还不是跟我们其他人一样，被打败，被推到这黑洞似的马厩里！你还

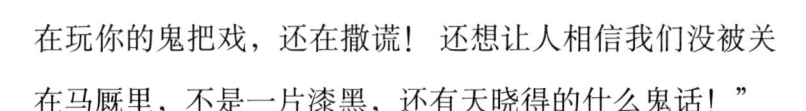

在玩你的鬼把戏,还在撒谎!还想让人相信我们没被关在马厩里,不是一片漆黑,还有天晓得的什么鬼话!"

蒂廉急得大叫:"这里没什么黑洞,只是你们的想象。走出来吧!"他俯身过去抓住迪格尔的腰带和兜帽,一把将他甩出这矮人圈。可刚把他放到地上,迪格尔就冲了回去,一面揉鼻子一面哇哇叫:

"嗷!嗷!你干吗?把我鼻子撞到墙啦!差点把我鼻子撞坏啦!"

"哎呀!"露西无奈地说,"我们怎么帮他们呀?"

"随他们去吧!"尤斯塔斯道——但话音刚落,大地震颤,甜蜜的空气变得更甜蜜,他们背后忽然光芒万丈。众人转过身,蒂廉最后才转,因为心里害怕。但眼前正是他一心期盼的、巨大真实的金狮阿斯兰!其他人已统统围绕狮王前爪跪倒成圈,将双手和面孔埋入他的鬃毛,而狮王低下他巨大的脑袋,正用舌头舔着他们。

狮王随即盯住蒂廉,蒂廉浑身颤抖走向前,匍匐在狮子脚下。狮子亲亲他道:"干得好!纳尼亚最后一代君王,再艰难也寸步不让。""阿斯兰,"露西泪水盈眶,

最后决战

"您能不能 —— 能不能 —— 帮帮这些可怜的矮人？"

"最亲爱的，"阿斯兰回答，"我会让你俩看看我怎么能或不能帮他们。"狮子走近矮人，发出低沉的咆哮 —— 虽低沉，却已使空气颤抖。但矮人们却相互在说："听到了吗？马厩那头又敲锣啦。想吓唬我们。他们是用什么机器弄出的声音。别担心，别想再骗我们！"阿斯兰昂起头颅，摇摇长毛，矮人面前立刻出现一场盛宴 —— 烤饼、烧鸽、蛋糕、冰激凌。矮人们右手端着美酒，可惜没用。他们狼吞虎咽，吃相难看，但显然不知其味。

他们认定这些吃的、喝的都是马厩才会有的东西。一个说，嚼的东西像干草，另一个说像啃糠萝卜，第三

个说，像咬生甘蓝叶。他们举起金酒杯，一面大喝醇厚的葡萄美酒，一面故作恶心道："呸！马槽里的脏水，驴才喝！真没想到我们惨到这个份儿上！"但很快矮人们就开始互相怀疑别人得到的东西更好，开始你争我抢，吵吵闹闹，不一会儿就大打出手，上好的食品抹到了脸上、衣服上或踩到脚下。但最后全都坐了下来，照看各自青肿的眼圈、流血的鼻子，嘴里还说：

"知足吧，这里总算没骗子。我们一直没上别人的当。矮人靠矮人！"

"你们看，"阿斯兰说，"他们不乐意我们帮他们，宁肯诡诈，不肯信赖。他们禁锢自己，宁肯固守偏见也不肯接受引导、摆脱偏见。算了，孩子们，我还有别的事要操心。"

狮王走向那扇门，众人后面跟随。狮王昂起头颅，发出咆哮："是时候了！"接着，更大一声，"是时候了！"这咆哮在天地间回响，连星星都在颤抖。这时门突然打开了。

第14章 黑夜笼罩纳尼亚

众人都站在阿斯兰身边,在他的右边,向敞开的门洞看去。

篝火已灭。天地浑然一片漆黑——要是起先没见过黑黑的树影何处终止、暗黑的星空又何处起始的话,你都不敢说是在观察一片树林。但阿斯兰再次呼喊时,他们看到另一个黑影,发现他们左侧没有星光的地方有另一片东西——那东西越升越高,最后成为一个人形,最大的巨人形状。

他们对纳尼亚非常熟悉,立刻猜出巨人所站的地方。他一定是在高原沼泽上,这片沼泽在史瑞波河一直向北延伸。这时,吉尔和尤斯塔斯想起,很早以前在这片沼泽很深的洞穴下面,曾见过一个巨人在熟睡,人家告诉他们,巨人名为"时间老人",他苏醒之时世界便到了末日。

"对,"虽然众人还未开口,阿斯兰说,"他睡着时名叫时间。现在他醒了,就要有个新名字。"

这时,巨人将一只号角举到嘴边,他们能看到这动作,因为黑色的身影反衬着星空。后来——时间相当长之后,因为声音传播很慢——他们才听到号角声——高远而瘆人,却具有一种奇妙的无法抵挡之美。

天空立刻布满流星。一颗流星就够好看的,现在却陆续出现十几颗、几十颗、几百颗,最后就下起了银色的流星雨——不停地下、不停地下。这样持续了一段时间,他们中就一两个人开始发觉另一个黑影和巨人黑影一样反衬着夜空。这片黑影位置不同,正对头顶,你也许会叫它穹顶。埃德蒙说:"可能是一片云吧。"但黑影里没有星星,只有一片黑暗,黑影四周流星雨却倾盆而下。接着这片黑影越来越大,四面铺展,远远离开天空正中。很快整个天空四分之一变黑,接着又黑了一半,

最后只剩紧挨地平线的低处流星雨还在下。

大家为奇迹惊叹不已（还有几分恐惧），又全都恍然大悟，那铺开的黑影根本不是一朵云——而是空虚！黑暗的天空不剩一颗星星，所有的星星都已陨落——阿斯兰把星星唤回家了！

流星雨停止前的最后几秒钟尤其令人激动，因为星星开始在他们身边陨落。不过，那个世界的星星与我们世界熊熊燃烧的球体不同。他们是人（埃德蒙和露西曾经遇到过一个）！于是，他们目睹闪闪发亮的人阵雨般落下，人人一头长发，那长发像燃烧的银子、像白热的金属长矛，从漆黑的空中奔流而下，比天上下来的落石更快。这些东西嘶嘶落地，点着了草地。所有这些星星从他们身边滑过，站到他们背后，稍稍偏右的地方。

这对他们倒是有利，因为夜空别的地方已不剩一颗星，本来会一片黑暗，什么也看不见。而他们背后肩头却闪着明亮刺眼的白光，他们能看到一英里接一英里的纳尼亚森林在面前铺展，仿佛被泛光照耀。每一丛灌木和几乎每一片草叶背后都有阴影。每片树叶的轮廓都太鲜明，简直担心伤到手指。

面前草地上躺着他们自己的身影。最大的影子是阿斯兰的。这影子流向他们左方，大而恐怖。而这一切将在一片永无星星的天空之下。

他们背后的光（稍稍靠右）太强烈，甚至照亮了北方沼泽高原的斜坡。那里有东西在移动，巨大的动物在爬行、在下滑进纳尼亚——巨龙、巨蜥、无毛大鸟，翅膀长得像蝙蝠。他们消失在密林中，带来片刻寂静。忽然传来巨大喧嚣——起初很远很远——后来四面八方——窸窸窣窣、啪嗒啪嗒，还有扇翅膀的呼呼声。越来越近，越来越近。很快就能分辨出小脚丫轻快奔走、大脚掌稳重踏地、轻马蹄咔嗒咔嗒、重马蹄如雷震耳。接着就看到成千上万双眼睛亮晶晶，从树影后面冲将出来，奔向山顶，急急逃命的无数种动物——会说人话的兽类、矮人、森林之神、半人半羊的农牧神、巨人、卡乐门人、阿钦兰人、独脚人，还有来自遥远岛屿或无名西方地域五花八门的神怪生灵，全都朝阿斯兰雄踞的大门跑来。接下来才是唯一当时像梦境、过后记忆混乱的

最后决战

一场冒险,尤其说不清耗时长短,时而像几分钟,时而像许多年。显然,除非马厩门变得很大很大,或者动物们突然变得很小很小,小如蚊虫,总之,那么大一群生灵不可能同时挤进门来。不过,当时却没人琢磨这事。

生灵们继续向前冲,离那些站立的群星越近,眼睛越亮。但冲到阿斯兰面前时,每个生灵都发生了下面要讲的两件怪事中的一件。他们全都直视狮王的面孔,我觉得他们别无选择。他们直视狮王时,神色剧变——写满又恨又怕——除了那些会说话的动物,会说话的动物的恨与怕转瞬即逝。但你发现它们不再是会说话的动物,而只是普通动物。所有直视狮王的生灵都猛地一拐,冲向狮王的右边、左边,消失在他巨大的黑影里,这黑影(你听说过),统统流向门洞左侧。

孩子们再没见过它们,我也不知道它们后来怎么样。但另一些生灵注视狮王、热爱狮王,尽管有些爱中带怕。这些生灵穿过了大门,来到狮王右侧,其中还有稀有品种。尤斯塔斯甚至认出曾射杀骏马的一个矮人。但他没时间嘀咕这些事(再说也不与他相干),因为喜从天降,赶跑了其他思绪。他发现那些挤到蒂廉和朋友们身边的快乐生灵原来还活着——马人荣威特、独角兽朱尔、好野猪、好狗熊、老鹰千里眼，还有可爱的烈犬、骏马、矮人波金。

"更高更远！"马人荣威特一声呐喊，重蹄打雷般向西方疾驰而去。众人虽不明白他的话，但都感到浑身一震。野猪开心地对他们打呼噜。狗熊正要嘟哝还是不明白，却一眼发现了他们身后的果树。他赶紧摇摇摆摆走过去，毫无疑问在那儿发现了他非常明白的东西。烈犬原地不动，只摇尾巴。波金诚实的脸上堆满笑容，挨个儿跟大家握手。朱尔把雪白的脑袋架在蒂廉肩上，蒂廉对他亲切耳语。然后所有人都转而关注门洞会看到什么东西。

巨龙与巨蜥此刻独霸纳尼亚。它们来回走动，把大树连根拔起，嘎吱嘎吱嚼碎，吞到肚里，就像在嚼大黄茎干。森林一分钟一分钟消失。整片乡野变得光秃秃，你会看到所有东西露出原形——地表的坑坑洼洼——这些你以前从没注意过。绿草枯死。很快蒂廉就发现他

最后决战

们注视的是一片只剩岩石与泥土的荒原。你简直不相信这里曾生长过生命。巨兽们变老、倒下、死掉。它们的肉体萎缩干枯，露出骨头——很快就只剩骨架，在废石间四下暴露，仿佛已死去几千年。很长时间，一切静止不动。

终于，一个白色的东西——一条长长的白色水平线在站立的流星人的光芒中闪现——从世界东方的尽头向他们移来。大片噪声打破沉静——起初汩汩低语，随后隆隆作响，最后怒声咆哮。现在，他们看清了什么东西正奔来，来得那么快！是泡沫飞溅、一面高墙般的洪水！大海在升腾。在这个寸草不生的世界你看得很清楚。你看到所有河流在变宽，湖泊在变大，独立的湖泊

连成一片，山谷变成新湖、小山变成岛屿，接着那些岛屿又消失不见。他们左边的沼泽高原、右边的巍峨高山都在崩溃，轰隆作响、水花四溅、滑入飞涨的海水。海水打着漩涡直漫到门槛跟前（但从未漫过门槛），结果泡沫就在狮王前爪上飞溅。现在，水位从他们站的地方直涨到水天相接的远方。

而远方开始发亮。沿着地平线，露出一缕沉闷不祥的早霞，越来越宽，越来越亮，直到众人几乎忘却他们身后群星发出的光亮。太阳终于升起，迪戈里勋爵与波丽夫人相互看看，轻轻点头——这两位在一个不同的世界，曾目睹过一个濒死的太阳，所以立刻明白这个太阳也快死了。这太阳比该有的太阳大三倍——二十倍，且红得发黑。太阳的光芒照到时间巨人身上，巨人也变得通红。在阳光折射下，无边无际的海水红似鲜血。

接着，月亮升起，完全错了地方，与太阳靠得很近，同样鲜红。一见月亮，太阳就开始对着月亮喷射火焰，这火焰像一根根胡须，又像一条条深红的火蛇。仿佛太阳就是一条大章鱼，在用一条条触须把月亮拉过去。也

许他真的在拉她。总之,她向他靠近,起初很慢,但越来越快,最后太阳长长的火舌围着她舔,二者融为一体,变做一只巨大的圆球,活像一团熊熊燃烧的煤炭。大块火球从中坠落,落到海里,腾起片片蒸气。

然后,阿斯兰下令:"现在结束吧。"

巨人把号角抛进海里。伸直一条手臂——样子很黑,长达数千英里——划过天空,直到抓住太阳。他把太阳紧捏手心,就像你紧捏一只橘子。刹那间,天地一片漆黑。

所有人,除了阿斯兰,都被门洞刮来的寒风吹得往后一跳。这寒风已结满冰凌。

阿斯兰下令:"彼得,纳尼亚的至尊王,关上门吧。"

彼得冻得瑟瑟发抖,朝黑暗探出身子,把门关上。拉门时手被冰凌覆盖的门擦伤。他笨手笨脚(那一刻双手已冻得僵硬青紫)地掏出一把金钥匙把门锁上。

透过那扇门,他们看足了怪事。但此刻四顾,更感惊讶!大家被温暖的日光照耀,头顶天空碧蓝,脚下鲜花盛开,阿斯兰双眼洋溢笑容。

狮王快速转身,低低下蹲,尾巴抽打自己,然后如同金箭一般蹿了出去。

"来吧,跑得更高!跑得更远吧!"狮王回头大叫道。可谁的速度能有他那么快?众人追随狮王,出发向西方走去。

"看来,"彼得道,"纳尼亚被黑夜笼罩了。哎呀,露西!你怎么哭了?阿斯兰就在前头,我们也全都陪着你啊!"

露西回答:"彼得,别哄我。我肯定阿斯兰不会救纳尼亚。我肯定为纳尼亚掉眼泪没有错。想想那扇门后面死去的一切、冰冻的一切吧。"

"是的,我的确希望过,"吉尔说,"纳尼亚能永世长存,我明白我们的世界不行,但真希望纳尼亚能永世长存。"

"我目睹过纳尼亚建国的日子,"迪戈里勋爵道,"没想到会活着目睹它灭亡。"

"爵士,"蒂廉道,"女士们哭得对。我也在掉眼泪。我目睹过母亲仙逝。有谁比我对纳尼亚更了解呢?我们

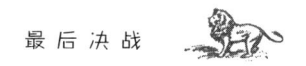

不伤心掉泪就是毫无心肝,就是失敬无礼。"

他们走了,离开门洞,离开那些挤做一堆、死守想象中的马厩的矮人。边走边聊过去的战斗、过去的和平、古老的君王以及纳尼亚的所有荣光。

狗群依然伴随他们。他们也加入谈话,但说得不多,因为忙着前后奔跑,嗅闻草地种种气味,弄得喷嚏连天。突然,狗群发现一种气味,激动不已,大吵起来:"是的,就是——不,不是——我就是这么说的——谁都闻得出来那是什么东西——把你的大鼻子挪开,让别人闻闻。"

"诸位,什么东西呀?"彼得问。

"陛下,是个卡乐门人。"几只狗立刻同时回答。

"那就带我们去。"彼得吩咐,"不论他是用和平还是用战争迎接我们,我们都欢迎。"

狗群冲向前,不一会儿就跑了回来,逃命般奋力狂奔,汪汪大叫,说果然是个卡乐门人。(会说人话的狗与普通狗一样,总以为自己当时在干的事最重要。)

猛犬带路,众人跟随,发现一个卡乐门青年坐在一道清澈小溪旁的栗树下,原来是埃莫斯。他看到他们,立刻起身认真鞠躬。

"大人,"他对彼得说,"我不知你是敌还是友,但觉得不论敌友,见到你我都荣幸。有位诗人不是说过吗?高尚的朋友是好礼,高尚的敌人是其次。"

"先生,"彼得回答,"我不知道你我之间需要什么战争。"

吉尔说:"请告诉我们你是谁,遇到了什么事。"

狗群一片乱叫:"要有故事听的话,我们就都坐下喝口水。我们喘不过气啦。"

"你们当然喘不过气啦,老这么跑来跑去的不消停。"尤斯塔斯笑道。

于是,人类统统坐到草地上;狗类则痛饮一番溪水,全都坐下来,挺直上身,呼呼喘气,舌头挂在嘴巴外面,脑袋侧过一边听故事。只有朱尔还站着,在身上打磨自己的尖角。

第15章 奔向更高更远

"哦，好战的君王们，"埃莫斯说道，"还有夫人们，你们的美丽照耀宇宙。我是埃莫斯，西部沙漠那边塔什班城泰坎哈勒巴的第七个儿子。我与二十九个其他卡乐门人奉泰坎雷什达之命，最近来到纳尼亚王国。刚听到进军纳尼亚时我欢欣鼓舞，因为听说过你们国家的许多事情，很想与你们在战场交锋。但发现我们得打扮成商人（商人打扮对勇士和泰坎之子来说就是侮辱），工作就靠撒谎和欺骗，我就不再快乐。最讨厌的是我们得听命于一只无尾猿，后来谣言又说塔什和阿斯兰是同一个神，我眼中的世界就变得黑暗。因为我从小就侍奉塔什神，最大愿望就是更多地了解塔什神，可能的话，一睹他的真容。但我讨厌阿斯兰这个名字。

"如你们所见,一夜又一夜,我们被召唤到小茅草屋,点燃篝火,无尾猿就从马厩里放出那只四条腿的东西,我看也看不清。人们和动物们都向那东西鞠躬致敬。可我觉得泰坎雷什达被无尾猿欺骗了——因为从马厩出来的这东西既不是塔什也不是任何神明。我观察泰坎的面孔,注意他对无尾猿说的每句话,想法改变——因为发现这位泰坎自己也不相信那个东西。当时我就明白他根本不信塔什神,要是他信,怎敢嘲笑神明呢?

"一看穿其中诡计,我就火了,想知道真塔什会不会用天堂之火惩罚无尾猿和那个泰坎。我压住怒火,管住嘴巴,等着瞧事情如何收场。但最后一夜,如你们有些人所知,无尾猿没把那个黄色的东西从马厩里牵出来,却说任何人想见塔什兰——他们把阿斯兰和塔什混成一个词——就必须一个一个进马厩。

"我告诉自己,这无疑又是一场骗局。看到姜黄猫进去便吓疯了冲出来时,我又对自己说:'肯定是真塔什来了,人们不懂他、不信他,却呼唤他来,他来报仇了。'

最后决战

塔什的伟大与可怕将我的心化成水,但我的愿望比恐惧更强烈。我命令双膝停止颤抖,命令牙齿停止上下打架,鼓足勇气去面对塔什,哪怕他会杀死我。所以我自愿进了马厩,而那个泰坎虽不乐意,还是放我进去了。

"一进门,却发现自己置身于这灿烂阳光下(和我们现在一样),尽管马厩从外面看里头漆黑。我来不及惊叹就被迫为保住自己的脑袋与自己人搏斗起来。一见那个哨兵我就明白他是无尾猿和泰坎派来的,要杀死任何不知道其机密而闯进马厩中的人——所以此人并不真正

信仰塔什，他也是在撒谎，在嘲弄塔什。我决心打败他，便杀死了这恶棍，把他扔出了门外。

"接着我看看周围，天空湛蓝、草地广阔、空气甜蜜。惊叹这地方多么美好，也许我真来到了塔什的国家。就开始到处游荡，寻找塔什。

"于是，我仔细查看许多草地、鲜花和各种有益健康、美味可口的果树，直到——看！在两块岩石之间狭窄的地方劈面遇到一头巨大的狮子！他跑起来快如鸵鸟，庞大如同大象，长毛犹如纯金，眼睛明亮，如同炉中融化的金子一般。他比拉格尔的火焰山更可怕，比世上一切都更美丽，就好比盛开的玫瑰远远胜过沙漠的灰尘。当时我就扑倒在他脚下，心想必死无疑，因为狮王（值得无上荣耀）会知道我一直信奉塔什却不信奉他。但亲眼见到狮王，即使死了也比苟活做蒂斯罗克的臣民，却从未见过狮王好得多。狮王俯下他的脑袋说：'孩子，欢迎你。'但我说：'唉！上神，我不是您的子民，而是塔什的仆人。'狮王回答：'孩子，你对塔什的所有尽忠，我都视为对我的尽忠。'那一刻，由于我急于寻求智慧

最后决战

和领悟,我克服了恐惧,向荣耀之王问道:'上神,无尾猿说您和塔什其实为一尊,可当真?'狮王立刻一声怒吼,大地摇撼(但令它愤怒的不是我),说:'错了!塔什和我不是一尊,而恰恰相反。我接受你对塔什的一切尽忠,不接受任何卑鄙无耻;而他只接受卑鄙无耻。因此,任何人以塔什之名发誓,并坚持他的誓言,就其实是在向我发誓,尽管他自己不知道,而由我给他奖赏。但任何人以我的名义施暴,那么尽管他以阿斯兰的名义发誓,却是由塔什接受他的暴行。孩子,明白了吗?'我说:'上神,你知道我已明白很多。可是(因为我应当讲真话),我一生都在寻找的是塔什。'荣耀之王说:'亲爱的,除非你真心寻找的是我,你才能坚持得如此真心、如此长久。因为,所有的人只要真心寻找,就一定找得到他们真心寻找的东西。'

"随后,狮王对我喷了口气,我四肢就不再颤抖,能够站起身来。后来,狮王别的没多讲,只说我们还会再见,说我必须走得更高、走得更远。狮王随即转身,在一阵金雨中忽然消失。从那时起,哦,王爷们、夫人们,我就一直在到处寻找他,我的快乐太强烈,甚至犹如伤口令我虚弱。奇迹中的奇迹呀,狮王竟然叫我亲爱的,我这卑贱似狗的——"

"什么!你说什么?"旁边的一只狗问道。

"先生,"埃莫斯忙道,"这不过是卡乐门人的一句口头语而已。"

"哼!我可不大爱听。"那狗道。

"他没有冒犯的意思。"另一只老狗息事宁人,"我们毕竟也把我们的小崽们叫小子啊,每逢他们不听话的时候。"

"是的,我们是叫他们小子们。"先头那只狗说,"或者叫丫头们。"

"嘘——嘘——"老狗说,"这词不好听。别忘了你在哪儿。"

"看!"吉尔忽然喊道。什么东西走过来,怯怯走近,是只四条腿动物,步态优雅,皮毛银灰。大家盯住他看了足有十秒钟,五六个声音齐喊道:"咦,是迷糊呀!"自从掀掉他的狮子皮那天起就再没见过他,变化太大

啦。驴子做回了自己——漂漂亮亮，毛皮柔软，一脸温柔诚实，你若以前没见过他，此刻就会与吉尔和露西一样——冲过去搂住他脖颈，亲亲他的鼻头，摸摸他的耳朵。

大家打听迷糊的行踪，迷糊说跟所有其他动物一道冲进了大门，但是他——嗯，老实说，他一直尽力躲开大家，躲开阿斯兰。因为看到真狮王就羞愧，就想到自己披狮子皮、假扮狮王的丑事，没脸面对任何人。可是发现朋友们全都往西离去，啃了一两口青草后（"这辈子从没吃过这么好吃的草。"迷糊道。），就鼓起勇气跟了上来。"可是真要见到阿斯兰的话，可怎么办啊？我真不知道。"驴子补了一句。

"真见到他，你也平安无事。"露西女王安慰道。

然后众人一道继续向西，因为狮王大喊"更高更远"时指的就是这个方向。许多其他动物也在慢慢朝西走，但那个草原国家地域广袤，所以并不拥挤。

时辰尚早，空气新鲜。他们不时驻足打量四周、打量背后，因为景色美丽，也因为对这地方的一些东西看不明白。

"彼得,"露西问,"你看我们这是在哪儿啊?"

"不知道。"至尊王回答,"让我想起一个地方,但又说不上名字。是不是很小很小的时候,我们曾度过一个假日的地方?"

"那一定是个很快活的假日。"尤斯塔斯说,"我打赌,我们的世界里可没这样的地方。瞧瞧那些色彩,那些蓝色的大山,我们的世界里哪有这样的蓝!"

"会不会是阿斯兰的国家?"蒂廉猜道。

"世界东方尽头以远,那座大山山顶不像阿斯兰的国家。"吉尔说,"我去过那地方。"

"你若问我的话,"埃德蒙说,"还是像纳尼亚世界的地方。看看前方的大山——还有大山更远处那些大冰山,像不像我们在纳尼亚常见的,那些高耸西部位于大瀑布以外的群山?"

"是的,是像。"彼得同意,"不过这些山更大。"

"我看那些山一点儿也不像纳尼亚的山。"露西不同意,"看那儿!"她指向他们左手的南方,众人一齐停下

转头观望。"那些小山,"露西说,"长满树林的漂亮小山,还有那些背后的蓝色山头——难道不像纳尼亚的南部边境吗?"

"像!"埃德蒙沉吟片刻后叫道,"很像啊!看,那就是皮尔山,峰顶像叉子,还有通往阿钦兰国的关隘,等等。"

"可还是不像,"露西犹豫道,"还是不同。它们色彩更丰富,比我记忆中更远,更像……更像……哦,我说不准……"

"更像真东西。"迪戈里爵爷说。

忽然,千里眼展开双翼,直冲三四十英尺高空,盘旋一圈落到地面。

"国王们、女士们,"老鹰叫道,"我们全都瞎眼啦。我们才刚刚看到所在地。从高空我看到了全景——埃丁斯漠、河狸大坝、大河,还有凯尔帕拉维尔城堡,统统还在东部海洋岸边发光呢。纳尼亚没灭亡,这就是纳尼亚。"

"怎么会这样?"彼得问,"阿斯兰对我们这些年龄较大的人说过,我们不应当再回纳尼亚了。可我们现在却在纳尼亚?"

"是啊,"尤斯塔斯说,"我们亲眼看到一切都被毁了,太阳也被熄灭了。"

"而且一切如此不同。"露西也奇怪。

迪戈里勋爵说:"千里眼是对的。听我说,彼得。阿斯兰说你不应当再回到纳尼亚,指的是你心里想的那个纳尼亚。但那不是真正的纳尼亚。那个纳尼亚有开头、有结尾,只是真实纳尼亚的幻影或复制品,这个幻影一直都在这里、永远都在这里——就跟我们的世界、英格兰及其一切一样,只不过是阿斯兰真实世界的一个幻影或复制品。露西,你不用为纳尼亚伤心。旧纳尼亚所有重要的东西、所有宝贝动物都已通过那扇门,被吸引到了真正的纳尼亚。二者当然天差地别,就好比真实与幻影、清醒与梦境一样。"他的这些话犹如一声号角,打动了所有人的心。他随即压低嗓门补充一句:"都在柏拉图[①] 书里

---

① 柏拉图(Plato):公元前427年—公元前347年,古希腊伟大的哲学家,也是西方文化中最伟大的哲学家和思想家之一。

呢,都在柏拉图书里呢。天啊,学校教了他们什么呀!"长辈们哈哈大笑,这番话跟很久以前在另一个世界听到的一模一样,只不过那时他胡子金黄,如今苍白而已。他明白他们在笑什么,自己也跟着笑,但他们很快又神情凝重——因为有种快乐与美妙令人肃然起敬,太好太妙,不容戏弄。

这片阳光照耀的土地与旧纳尼亚有何不同,就跟你形容那个国家的水果味道有何不同一样,很难说清。或许,你照这条思路想想,能多少明白些。想象你在一间屋子里,从屋子窗户看出去是一片可爱的海湾,或一座蜿蜒伸向大山的绿色山谷。屋子墙上正对窗户有面镜子。你从窗口转身,突然就会再次看到那大海、那山谷,就在那面镜子里。镜中的大海或山谷在一定意义上就与真的相同——但又不同——更深更妙,更像故事里的那些地方——你从没听过的故事但很想了解,新旧纳尼亚的不同正是如此。新纳尼亚更深——每块岩石、每朵花、每片草叶看起来似乎含义更丰富。我无法解释得更好了——你们真到了那儿,就会明白我的意思了。

恰恰是独角兽概括了大家的感受,他右蹄重重跺向大地,长嘶一声,喊道:

"我总算回家啦!这才是我真正的国家!我属于这里。这是我一辈子寻找的家园,虽说现在才明白。我喜欢旧纳尼亚,因为她有时候就跟这里一样。嘿——嘿——嘿!到更高更远处去吧!"

独角兽摇摆鬃毛,猛然向前一跃,飞奔而去——独角兽那样飞奔,若在我们的世界,几分钟就会杳无踪影。但这时,最最奇怪的事发生了——其他所有人都拔腿就跑,而且惊讶地发现居然都赶得上独角兽——不仅犬类们、人们,甚至连迷糊和短腿矮人波金都赶得上!疾风扑面,就像在开一辆没有挡风玻璃的车。大地飞速掠过,就像坐上一列快车从车窗看到的场景。他们越跑越快,但谁也没觉得热,谁也没喘不上气来。

第16章 告别幻影世界

要是谁能飞快奔跑却从不感到累,我看他就不会想干别的事了。但是,停下来总有特殊的理由,尤斯塔斯就有了一条特殊理由,他立刻大喊道:

"喂!当心!瞧我们往哪儿跑呢!"

他提醒得正好,因为大家发现前面就是大锅池,大锅池过去就是无法逾越的悬崖峭壁,每秒钟成千吨水止从悬崖峭壁上倾泻而下,水在一些地方亮闪闪犹如钻石,在另一些地方犹如深绿色的玻璃——大瀑布,水声如雷,轰鸣震耳。

"别停下!更高更远!"千里眼喊道,振翅飞得更高。

"他倒是潇洒。"尤斯塔斯道。但朱尔也在大喊:

"别停下！更高更远！大步前进！"

水声咆哮，朱尔的话勉强听得到，但下一刻众人就发现他已跃入大锅池。慌慌张张紧跟其后，扑通、扑通，其余所有人、兽都跳了下去。池水倒是没他们（尤其迷糊）预期的那么刺骨冰凉，而是一种舒服冒泡的凉爽。他们发现自己都在笔直地游向大瀑布。

"这绝对是疯狂。"尤斯塔斯对埃德蒙说。

"我明白。可是——"埃德蒙回应。

"太妙啦！"露西说，"你们注意到了吗？就算你想害怕也根本不害怕。试试吧。"

"天啊！真是不害怕。"尤斯塔斯试过后说。

朱尔首先游到大瀑布下，蒂廉紧跟其后，吉尔是最后一个，所以对整道瀑布比别人看得更清楚。她看到有个白色的东西在瀑布表面稳稳上升，那白色东西就是独角兽，分不清他到底是在游还是在爬，反正就是在前进，越来越高。他头顶的尖角把水分成了两股，在他肩头四周形成两道彩虹般的水流。紧跟其后的是国王蒂廉，不停划动双腿和双臂，好像在游，但在笔直上升——仿佛可以游上一堵墙。

最滑稽的是狗群。他们奔跑时气都不喘，但现在边划水边扭动，溅起很多水花，都接二连三打起喷嚏来。这是因为狗不停汪汪叫，每叫一声，嘴巴、鼻子就灌一次水。但吉尔还没来得及看清所有情况，发现身不由己也开始攀升。这种事在我们的世界完全不可能做到，就算你没被淹死，也会被水撞击无数岩石生发的可怕重力拍得粉身碎骨。但在那个世界你却能做到。你不断攀升、攀升，各种湍流晶莹的折射光在眼前闪亮，各种五彩缤纷的石头击穿湍流，直到你觉得自己就是在攀升光芒——而且越来越高，直到你为高度感到恐惧，若还能感到恐惧的话，但此刻只有激动的欢畅。最后来到那条可爱平缓的绿色弯道，从这里，流水翻过峭壁顶端，你发现自己终于来到瀑布源头水平流淌的大河，湍流被你抛到背后，而你逆流而上，自在向前。很快大家全都上岸，个个浑身滴水却笑逐颜开。

前方一道山谷悠长开阔，远方雪山高耸，直抵天际。

"更高更远！"朱尔大喊，他们立刻继续向前。

现在,他们离开纳尼亚,进入西部大荒原。这地方彼得、蒂廉甚至老鹰都没见过。但迪戈里勋爵和波丽夫人见过。"你记得吗?你记得吗?"他俩互相问道——语气平静,呼吸平稳,尽管全体奔跑速度快过飞箭。

"哎呀!大人,"蒂廉问道,"传说可当真?您二位在创世首日来过这里?"

"是的,"迪戈里回答,"对我来说恍如昨日。"

"你们骑着一匹飞马?"蒂廉又问,"那也是真的?"

"当然!"迪戈里道。但狗群汪汪催叫:"快点!快点!"

于是,他们越跑越快,直到不像在跑倒像在飞,连头顶的千里眼也快不过他们。他们掠过一条条蜿蜒山谷、翻越一座座陡峭山峦,顺那条大河向前,时而横穿大河,时而掠过高山湖泊,宛若有生命的快艇,直到终于抵达一座长湖的尽头,这湖碧蓝,好似一块绿松石。眼前是座光滑的绿山,山坡陡峭如同金字塔,山顶环绕一道绿色高墙——高墙之上高悬树枝,树叶像白银,果实像黄金。

"更高更远！"独角兽大喊。无人迟疑，全都从山脚笔直向山顶发起冲锋。他们发觉自己向上冲锋简直好比波浪在拍打一块凸出海湾的礁石。尽管山坡陡峭如同屋顶，草地滑如保龄球草坪，无人跌倒。直到山顶大家才减速，因为发现面对一道金色的大门。一时间谁也不敢上前试图推开。人人都与先头面对鲜果时一样犹豫不决——"敢不敢？对不对？是不是给我们的？"

众人站在那儿正犹豫，忽然一声号角高亢动听，从高墙内传了出来，大门呼一下敞开。

蒂廉屏住呼吸，好奇谁会从大门走出去。万万没想到竟是一只眼睛亮晶晶、皮毛滑溜溜的会说话的老鼠，头上插着一支红色羽毛，左爪持着一柄长剑。只见老鼠弯腰鞠躬，姿势优雅，尖声道：

"以狮王的名义，欢迎驾到。来得更高更远。"

这时，蒂廉看到彼得国王、露西女王冲上前向老鼠行礼，齐呼："拜见鼠王雷普奇普！"蒂廉惊得呼吸急促，因为这才明白眼前就是纳尼亚伟大的英雄——鼠王雷普奇普。鼠王参加过在贝鲁纳的那场大战，战后还与海上

冒险家凯斯宾国王一道航行到世界尽头。但来不及细想,蒂廉就感到被两条结实的手臂一把抱住,双颊感到带胡须的亲吻,听到一个熟悉的声音说:

"哎呀,孩子!你比我上次拥抱你时可高多啦、结实多啦!"

原来是他的父亲,老王厄尔廉,但与最后一次见面时完全不一样。那时,蒂廉与巨人作战负伤,面无血色,他们将他送回了家。也与记忆中晚年白发苍苍的父亲不一样。父亲现在变得年轻快活,像他儿时记忆中的模样,那时他还是个小娃娃,夏日傍晚睡觉之前,常和父亲一

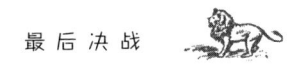

起在凯尔帕拉维尔的城堡花园里玩游戏,曾经熟悉的牛奶面包的晚餐香味也回来了。

朱尔暗忖:"还是先让他们父子说说话,我再过去跟老王厄尔廉打招呼。我还是小崽时,他可喂我吃了不少红彤彤的苹果。"但下一刻,朱尔就丢开这念头,因为大门口冲出来一匹骏马,高大华贵,连独角兽都自愧不如——一匹生着双翅的飞马。飞马看看迪戈里勋爵和波丽夫人,引颈长嘶:"哎呀,亲人们!"那两位也欢呼:"飞羽奇!亲爱的飞羽奇!"扑过去亲吻。

但这时鼠王再次催他们进去。于是,大家都穿过金色大门进入一座花园,香喷喷的味道扑面而来,踏入阳光的温暖与树荫的凉爽,走在缀满白色鲜花、富于弹性的草地上。大家都惊讶园子比从外面看大得多,但谁也无暇多想,因为欢迎他们的人群从四面八方迎了上来。

所有你听说过的人(要是你了解这些国家的历史)似乎全来了。有猫头鹰格林费泽、沼泽人帕德尔格鲁姆、被解除魔咒的国王瑞廉、他的母亲星辰之女、他爷爷凯斯宾本人。紧挨他们的是德里宁爵爷、伯恩爵爷、矮人特鲁普金和猎户特鲁弗尔、善良的獾、马人格兰斯托姆，还有拯救大战中的其他上百名英雄。另一边又走来阿钦兰国王科尔，和他的父亲伦恩国王、他的王后阿拉维斯，还有他的兄弟勇敢的王子霹雳拳击手科林，和雄马布里、雌马赫温。接着蒂廉看到——奇迹中的奇迹——从远古走来的两只善良的河狸和半羊人塔穆努斯，问候、亲吻、握手、老笑话连连。（沉寂五六百年后再唤醒的老笑话实在妙不可言！）所有人都向果园中心走去，那里一只长生鸟栖息树上，俯瞰着所有人。树下是两尊王位，坐着国王与王后，高贵美丽，大家都向他们深躬致敬。他们当然应当致敬，因为这是弗兰克国王与海伦王后，是所有纳尼亚与阿钦兰古老君王的始祖。此刻，蒂廉的感觉就好比你见到正当盛年的亚当与夏娃一样。

大约半小时后——或大约一百年之后，因为那里的时间与这里的不同——露西和她纳尼亚最亲密的好友半羊人塔穆努斯，并排从花园高墙俯瞰山下，山下整个纳尼亚四面铺开。往下看，会发现这山比你原先所想的高很多——这山明亮的峭壁沉落下去，距离山下数千英

尺，使山下世界的树木看来小如一粒粒绿盐。露西又转身背对高墙，看向花园。

最后，她若有所思地说："明白了，我明白了。这个花园就像那个马厩，里面远比外面大得多。"

"当然，夏娃的女儿，"半羊人道，"你走得越高越远，一切就都越来越大。里面的世界远比外面的世界大。"

露西细看花园，发现这根本不是一座花园，而是整个世界，有它自己的河流、树林、大海、高山。但全都似曾相识。

"我明白了，"她说，"这依然是纳尼亚，而且比山下的纳尼亚更真实、更美丽，正如比马厩门外的纳尼亚更真实、更美丽！明白了……这是世界中的世界，纳尼亚中的纳尼亚……"

"对，"半羊人塔穆努斯说，"就好比剥一只洋葱——但不同的是，你不停地往洋葱心里剥，每一圈都比上一圈更大。"

露西东看看、西看看，忽发现自己身上发生了一件美好的新鲜事。不论她看什么，不论她看多远，只要目光定住不动,那东西就会很近、很清晰,如同通过一只望远镜在看东西。南边,她看得到整个南部大沙漠、更远处的大城市塔什班;东边,看得到海滨的凯尔帕拉维尔城堡,甚至看得到她自己从前房间的窗户! 大海更远处她能看到群岛、一座接一座的岛屿,直到世界尽头,而尽头以远,就是巨大的高山,曾被他们叫做阿斯兰的国家。但现在她明白那只是一座大山系的一部分,环绕着整个世界。在她面前,这些山似乎非常近。她朝左看,看到色彩鲜艳的一道坡,以为是一团巨大的云彩,被一条壕沟从他们身边割断。但仔细看,却发现根本不是云彩,而是一片实实在在的大地。盯住那地方的一个点良久,她大叫起来:"彼得! 埃德蒙! 快来看! 快来!"他们过来一看,眼睛也变得和她一样。

"咦!"彼得惊呼,"这是英格兰啊。那不是那座房子吗 —— 柯克教授的乡下老宅,我们的冒险就是从那儿开始的!"

"我还以为那房子早被毁了呢。"

"是被毁了。"半羊人说,"但现在你们看的是英格兰

里的英格兰,正如这里才是真正的纳尼亚。在那个里头的英格兰,好东西都没有毁掉。"

突然,他们的目光转向另一点,彼得、埃德蒙和露西高兴得招手大叫,因为看到他们的爸爸妈妈在又大又深的山谷对面向他们招手,就像你在码头上等待接客人,忽然发现大船上有人在向你招手一样。

"我们怎么到他们跟前去?"

"这不难。"半羊人道,"那个国与这个国——所有真实的国家——都不过是阿斯兰大山伸出去的山嘴。我们只要沿着山梁往高走、往远走,走到相连的地方就行。听!弗兰克国王的号角——我们全都得上去啦。"

很快,他们就发现大家全都一起往上走——真是一支生气勃勃的壮观队伍啊——朝比这个世界能看到的更高的大山走去,纵然山再高,也要去看。但这些大山上没有雪——只有一座座森林、一道道绿坡、一个个可爱的果园、一条条闪光的瀑布,一个接一个,一直向上。他们脚下的土地越来越窄,两侧都是幽深峡谷——越过那道峡谷,英格兰的大地就越来越近。

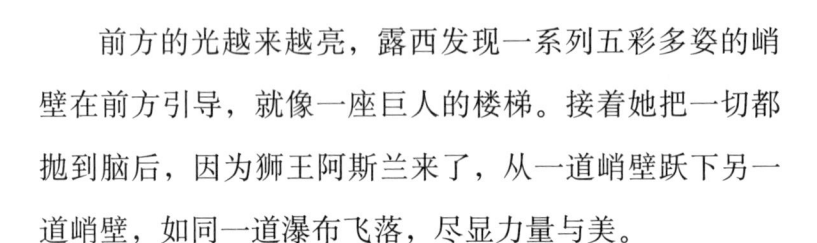

前方的光越来越亮，露西发现一系列五彩多姿的峭壁在前方引导，就像一座巨人的楼梯。接着她把一切都抛到脑后，因为狮王阿斯兰来了，从一道峭壁跃下另一道峭壁，如同一道瀑布飞落，尽显力量与美。

阿斯兰呼唤到身边的第一个人是迷糊。他走向狮王时的模样比你见过的任何驴子都更虚弱、更愚蠢。他站在狮王旁边，小得就像一只小猫咪与一条圣伯纳大犬相比。狮子低头对驴子轻轻一句话，驴子的长耳朵立刻耷拉下来；但狮王又说了一句，驴耳朵又竖了起来。两次说的话人类都无法听到。然后，狮王转身对他们说：

"你们看起来不像我想要的那么开心啊。"

露西回答："阿斯兰，我们生怕被你打发走，你经常打发我们回我们自己的世界去。"

"不用担心被打发回去。"阿斯兰说，"你们还没猜到吗？"

众人的心猛烈一跳，升腾起狂野的希望。

"曾发生过一场真正的列车事故。"阿斯兰轻声道来，"你们的父亲、母亲和你们所有人——就像你们在幻影

世界所说的那样——都死了。本学期结束——假期开始。梦境过去——现在是早晨。"

狮王说话时,在他们看来已不再像头狮子。而紧接着发生的事太美妙、太有趣,我无法形容。对我们来说,这个故事是所有故事的结尾,我们可以最真诚地说,自那以后,他们全都生活得很幸福。但对他们来说,这只是真实故事的开头呢。他们在这个世界的所有生活和在纳尼亚的所有冒险只是封面和扉页——现在他们终于翻开一个大故事的第一章,地球上还没有人读过——这个故事将永远继续下去——故事的每一章都会比前一章更精彩。